熱い目覚め

アン・メイザー
茢谷京子 訳

ハーレクイン
SP
文庫

WICKED CAPRICE

by Anne Mather

Published by Harlequin Japan,

a Division of K.K. HarperCollins Japan, 2018

アン・メイザー

　イングランド北部の町に生まれ、現在は息子と娘、２人のかわいい孫がいる。自分が読みたいと思うような物語を書く、というのが彼女の信念。ハーレクイン・ロマンスに登場する前から作家として活躍していたが、このシリーズによって、一躍国際的な名声を得た。他のベストセラー作家から「彼女に憧れて作家になった」と言われるほどの伝説的な存在。

◆主要登場人物

イゾベル・ヘリオット……工芸品店の経営者。
クリスティン・ネルソン……イゾベルの店の店員。
パトリック・シャノン……国際的企業の会長。
ジリアン・グレゴリー……パトリックの姉。
リチャード・グレゴリー……ジリアンの夫。
ジョー・マザンブ……パトリックの運転手。

1

その女性は、彼の予想と違っていた。

身持ちが悪くて自分勝手な女よ、とジリアンは言った。だがカウンターの向こうのほっそりした体と青白い顔に、そんな感じはみじんもなかった。

「お決まりですか?」

低く、ややかすれた声は確かに魅力的だが、こんなさえない女に義兄が関心を持つとは思えない。これまで、リチャードが好むのは正反対のタイプだった。

「え……? ええ、まあ」

パトリックは虚をつかれた。買い物をすることは考えていなかった。周囲を見ると、いつの間にかほかの客は全員買い物をすませて出ていっている。

「貝殻を」とっさに言う。ショーウインドーで見た貝殻のネックレスが手ごろそうだ。

「貝殻ですね」女性は愛想よく繰り返した。「みがいたのがよろしいですか? 自然のままのもございます。このように、いろいろな種類を集めたものも人気があるんですよ」

女性がカウンターの後ろの陳列棚から出した四角い枠を見て、パトリックはたじろいだ。幼稚な彩色を施されて、裏板の上に雑然と並んだ貝殻。これを美しいと思う人がいるだろうか。

「実は、ウインドーのネックレスが姪《めい》に似合うかもしれないと思って」

といっても、姪に渡すことはできない。この女性の店で買ったと知れば、ジリアンが怒り狂うのは目に見えている――どんなにスージーの気に入っても。しかもリチャードがネックレスの出所に気づく可能性がある。ジリアンは自分が干渉したことを、夫に知られたくないに違いない。

「ああ、あれですね」

女性は微笑を浮かべてカウンターを出ると、売り場を横切ってショーウインドーに近づいた。ほのかな甘い香りがパトリックの鼻を打った。鈴蘭《すずらん》とばらの香りが混じって体温で高められたにおいだった。

長身の若い女性にしては、驚くほど優雅な身のこなしだ。床を横切るにつれてリズミカルに揺れる腰、足首のあたりで柔らかいきぬずれの音をたてるゆるやかなスカート。三つ編みにされた薄茶色の豊かな髪が肩甲骨のあいだで小刻みに揺れる。その色は目の色とほとんど同じだが、眉の色は少し黒っぽく、濃いまつげはまっすぐに伸びている。

彼女がネックレスを取ろうとして身をかがめたとき、底の分厚いブーツを履いているのが見えた。ハイキング用の靴だ、とパトリックは考えた。それとも登山用か。リチャードが彼女の何に惹《ひ》かれたにせよ、この服装に魅力を感じたはずはない。

「さあ、どうぞ」女性が体を起こした。パトリックは視線をそらした。ぱっとしない女と決めつけたのに、この女性にはどこか人の心を引きつけるものがあるのを認めざるを得なかった。不格好な服を着ていても、官能的な雰囲気がある。すぐには目につかない種類の魅力だった。

「ありがとう」

ネックレスを受け取るとき、ほっそりした手が彼の手をかすった。思わずぞくっとして、パトリックは驚いた。ネックレスに注意を集中しながら、彼女も同じように感じただろうか、と素早く盗み見る。だが、相手は今までどおり冷静で落ち着いた様子をしている。

「これが最後に残っていたネックレスなんです。みなさん、お子さんのために買われたようですわ。このとおり、あまり長くありませんから」

「ああ、本当だ」

パトリックは珍しく当惑していた。これまでは相手を自分の意のままに動かすのが常だった。それが、ここに来てしばらくのあいだ気圧《けお》されていたのだ。この場所に慣れていないからだ。彼はそう思うことにした。姉が言うようなあばずれには、とうてい見えないこの若い女にも。この女性の行状は姉が非難するとおりなのかもしれない。外見は当てにならないものだ。ところで誘惑に負けたのはリチャードのほうだろうか。彼女のほうだろうか。

「いかがでしょう?」

その声はまたもパトリックの内部に、その場におよそ不似合いな反応を引き起こした。理性より本能に支配されたことで、彼は自分に腹を立てると同時にかすかな楽しさを感じた。こんな女、美人ですらない。おまけにこの服装では人目を引くこともあるまい。そう思いながらも、彼女を意識した。ある意味では、一人の女性を意識するのは何年もなかったことだった。

あったとしても……。

「きれいだ」パトリックが思いついたことを言うと女性はうなずいた。

「本当にね。この扇形の貝はすごくデリケートなんですよ。こんなきれいなピンク色は、人工のものではとても出せませんよね」

「まあね」

パトリックは答えをぼかした。ネックレスをほめれば、あとで断るのがよけいに難しくなる。商品をほめに来たのではない。この女性がリチャードに何を求めているかを探りに来たのだ。ジリアンの意見では、彼女は代償を求めているはずだ。リチャードの不倫相手がみんなそうしたように。

「お気に召しませんか?」

彼のためらいを感じ取ったのか、女性は小首をかしげてパトリックを見上げた。その瞬間、彼は相手の清楚《せいそ》で完璧《かんぺき》な顔の輪郭や、物問いたげに薄く開かれた唇に気づいた。この豊かな唇の味は、彼女の香りのようにすばらしいだろうか。白い歯のあいだに見えるピンク色の舌は、見かけどおりにみずみずしいだろうか……。

そんなことを考えている自分に仰天して、パトリックは深く息を吸った。いったい何を考えているんだ、と自分をたしなめる。

色とりどりのキルトに興味を持ったふりをして、女性から少し遠ざかる。「いや。ただ、スージーの気に入るかどうかわからなくて」

「スージー?」女性は興味を示した。パトリックは姪の名を軽率に出した自分に悪態をついた。「私の知っている人の子供もスージーというんです。すてきな名前ですね。スザンナの略称ですか?」

「いや」実はそうだが、それを知らせるつもりはない。「本名がスージーなんですよ。両親がそう名づけたんだ。姪の祖母も同じ名前でね」

「そうですか」

相手が納得したかどうかは疑問だが、パトリックは必要以上に詳しく説明しすぎたと感じた。スージーの名を出したことに対する後悔は、今では自分に対する怒りを倍増させていた。

話題を変えなければならない。そう考えて、キルトをつまみながら、さも何げないふうに肩越しに振り返る。「これがパッチワークというものですか?」

「そうです」パトリックの質問は、彼がもっとも望んでいない結果を生じた。というのは、女性が近づいてきたのだ。パトリックは彼女がそばにいるのを強く意識した。「これは全部、関節炎で体の不自由なお年寄りの女性が作ったものですが、針目がそろっていて、すばらしいでしょう?」

つぎはぎのキルトを作るためにどんな技術が必要なのかはわからない。うなずくにとどめて、縫いぐるみを積み上げたテーブルに移る。それなら少しは知識がある。詰めものをした珍獣たちがかわいいことは、見ればわかるのだから。値段は小さな店の立場を反映して低くつけられていたが、そのせいでおもちゃが安っぽく見えることは決してなかった。

「それも手作りです」パトリックが一対のうさぎを眺めていると、女性がささやいた。「実を言うと、ここの商品はみんな手製なんですよ。うちは販路を持っていない製品を扱っていますから」

ジリアンはそのことを言わなかった。言うはずもない。姉の関心は事業の目的にではなく、その女経営者に向けられているのだ。いずれにせよ、この若い女が自営の生産者の救済に尽力しているからといって、許せるわけではない。憎むべき私生活を送っていることに変わりはないのだ。

「この店は古くからあるんですか、ミス……」名前を知らないふりを装って口ごもる。

「イゾベル・ヘリオットです。店は五年近く前に開きました。なぜですか？」

「ただの好奇心ですよ」パトリックは屈託のない微笑を浮かべた。「商品を厳選しているようだから、在庫をどう確保しているのかと思って」

「ああ……」彼女は肩をすくめた。その拍子に薄手のシャツに覆われた胸が揺れた。パトリックは心ならずも目を引きつけられた。ほっそりした若い女性にしては豊かな胸だ。

「最初は大変でしたが、今はうまくいっています」

こっちもだ。パトリックは腹立たしげに考えながら、ここに来るのを承知したことを悔やんだ。僕は義兄をだましている女に、まるで夢中になったようにふるまっている。実際は、姉の結婚生活を危うくしたことで、リチャードとこの女性を軽蔑《けいべつ》しているのだ。姉夫婦の子供たちの幸福を脅かしている点では言うまでもなく。十歳のスージーと六歳のナイジェルの人生が取るに足らないもののように扱われるいわれはない。

「あなたがこの店のオーナーですか？」

「そんな立場ならいいんだけれど。新しいオーナーはさっき話した、スージーって子供のいる知人よ」

「ほう」

シャノン・ホールディングスは最近このホーシャム・オン・ザ・ウォーターの大通りに立ち並ぶ小店舗の賃貸権を取得している。パトリックはそれを知らないかのようにふるまった。

「もちろん家賃は上がるでしょう」彼女が続ける。「ミセス・フォックスワースは、フォックスワースの不動産の持ち主だったかたですが、きちんと管理する条件で、建物を店子《たなこ》に安く貸していたんです。身分の高い人の義務だと思ったんでしょうね。この建物を買ったのは、ロンドンのどこかの会社だそうですが、そんな慈悲の心を持つはずがありません。リチャードはできるかぎり私たちの事情を説明すると言うけれど、あまり期待していないわ」

パトリックは実際に感じていることを示さないように努めた。「リチャード？　新しい家主だね」

「厳密には家主じゃないわ」ややそっけなくなった口調は、知人でもない人間と私的な話をしているのに気づいたことを示している。「リックは――ミスター・グレゴリーのことですが――その会社に雇われているだけよ。だから彼にもどうしようもないと思うわ」

リチャードが彼女に自分の立場を偽ったことで我知らず覚えた憤慨を、パトリックは抑えた。微々たる問題だ。それよりも、この女性はどの程度義兄を知っているのだろう。リチャードは彼女にどんな約束をしたのだろう。

ネックレスをカウンターに置きながら言葉を慎重に選ぶ。「じゃ、相談相手はいるんだね。そのミスター・グレゴリーとは長いつき合いなのかな?」

「長くはないわ」ぶっきらぼうな口調だ。パトリックは深追いしすぎたかと思ってひやりとした。イゾベルは芸術家の手を思わせる長い指でネックレスを取り上げた。「で、どうなさいますか?」

「え? ああ、ネックレスか」パトリックは彼女が少し警戒するような目を向けているのを意識した。「買うよ」値札を見て財布を取り出す。「包装してもらえるかな。二日後にまた来るから、そのときに受け取る」

「今、包装できますわ」イゾベルが言う。そうしてほしくない口実をパトリックが探しているうちに、年配のアメリカ人の一団が店に入ってきた。

「木曜日に来る」パトリックはカウンターに紙幣を何枚か投げ出した。「忙しいだろうから、僕のことは後回しでいいよ」

後ろ手にドアを閉めると呼吸が少し楽になった。とはいえ、二日後にまた来れば彼女とリチャードの関係をもっと詳しくきき出せると、なぜ考えたのか自分でも不可解だった。いくらジリアンのためでも、そんな無遠慮なことはきけない。

パトリックのベントレーは大通りのずっと先に止まっていた。後部座席のドアを開けて中に入ると、彼はいくらかほっとした。「行こう、ジョー。まずポートランド・ストリートだ。それから家に帰る」

ジョー・マザンブは大きな車のギアを入れ、方向指示器のスイッチを押して車の流れに入った。「ミセス・グレゴリーの家に行かないんですか?」長年仕えている者の気安さで尋ねる。

「いや、行かない。話すこともないからな」パトリックはそう答えて、姉にばかりではなく自分にも怒りを感じた。「まっすぐ行こう。用事があるから」

2

「それより、あの男性は誰なのよ？」

カウンターの端に腰かけて、クリスティン・ネルソンは雇主でもある友達をもどかしげに見た。イゾベルの超然としたところは、ときどき彼女を心底いらだたせる。さっき工芸品店から出てくるのを見かけたすてきな男性に、イゾベルが全然関心を示さないことが心外でならない。

「だから知らないって言ったでしょう」イゾベルは答えながら出納簿の数字と引き出しの現金の残高を合わせようとした。「彼は言わなかったし、私もきけないもの。どうせ、重大な問題じゃないし」

「重大問題よ。この古くさい田舎町に一生うずもれるつもり？　彼の車を見せたかったわ。あれは絶対ロールスロイスね……」

「クリス、やめて！」

イゾベルはおそらく二度と会うこともない男についての無駄話を聞くのが苦痛になった。

彼はネックレスの代金を払い、あとで取りに来ると言ったが、彼女は会いたくなかった。彼の求めていたものは、店の商品ではないような気がしたのだ。

でも何を？

「あのねえ」クリスティンは引き下がらなかった。「あなたはもう若くないのよ。人間の体は刻々と衰えていくのよ、イッシー。もう三十じゃない。私ならもっと人生を楽しむわ」

「私はあなたと違うのよ。十七歳の少女でもないからおとぎ話は信じないの。あなたの言うようにハンサムで、ロールスロイスを乗り回す身分の人が、こんな中年女に興味を持つと思う？」

「大げさね」クリスティンはカウンターから下りて靴の先をビニールの床にこすりつけた。「年齢のことを言ったからって、中年だとは思っていないわよ。でも年を取る一方なのは認めるべきね。あなた、お兄さんのお子さんたちをすごくかわいがっているから、子供がほしいのかと思ったわ」

イゾベルは何か痛烈な言葉を返そうと思った。でも負け惜しみと取られそうだ。それでも、女性はみんな結婚したがっている、とクリスティンが確信しているのは腹立たしい。独身でいても十分満足だ。男嫌いではないけれど、あのどこか得体の知れない男どもに服従しようとは思ったこともない。

今日までは……。

けれど、そんな考えがばかげているのは自分でもわかっている。札束を丸めて輪ゴムで留め、現金運搬用の革袋の中でじゃらじゃらしている硬貨に添えながらイゾベルは思った。今の私の心境を知ったら、クリスティンは大喜びするわ。だってあの魅力的な未知の男性を忘れるどころか、彼が立ち去ってからというもの寂しくてたまらないのだから。彼は私の心をかき乱したなんてものじゃない。そんな表現は身震いを地震にたとえるようなものよ。

「あなたは結婚したいのよ。そうでしょう?」クリスティンが粘る。なぜこんな話になったのかしら、とイゾベルは思った。

「さあ、わからないわ」そう答えて店の奥に置いてあったカーディガンを取り上げる。

「出ましょうか。ストッダートが閉店する前に行きたいから」

クリスティンは仕方なく先に立った。イゾベルは警報機をセットしてから友人と合流した。ドアに鍵《かぎ》をかけながら、そっとあたりをうかがう。だが、あの気になる訪問者もいなければ、彼が乗ってきたという高級車もなかった。

クリスティンと別れたあと、イゾベルは銀行に行き、一日の売上金を夜間金庫におさめてからスーパーマーケットに回った。白ワインをかごに入れながら少なくとも快適に暮らす経済力はあるわ、と思う。そんな生活を送れるのも祖母の遺産のおかげだ。

ところが家に戻ると、こんな生活をしているから結婚しないのでは、と考えてしまう。自立することには利点もあるが、万事慎重になりすぎるきらいもある。男性が深い関心を寄せ始めると、このつき合いで得るものがあるかどうかを考える。何もないと思えば交際をやめる。その結果、イゾベルは男性との深いかかわりからいつも離れたところにいた。

彼女の両親の生活は幸福な結婚の見本とは言いがたかった。イゾベルは父母が愛し合っていると信じているが、それぞれが別の生き方をしている。母はストラットフォードでヘリオット・デザインという室内装飾の事業を営み、成功をおさめている。父は医師としての仕事に熱中している。イゾベルはただ一人の娘だが、結婚をせき立てられたことは一度もない。孫がもう二、三人増えれば、両親は喜ぶかもしれないと思ったこともある。だが父も母も、当分は兄の三人の子供で十分以上に満足している様子だ。

イゾベルの小さな家は、大通りからはずれた狭い路地にあり、教会に隣接している。その家も祖母の遺産で買ったものだ。祖母が亡くなるまでは、ロンドンで働きながら暮らしていたのだった。

そのころ、いわゆる競争社会の一員だったのは言うまでもない。美術と歴史の二科目に関してトップの成績で大学を卒業したあと、将来を嘱望されて有名な競売会社に入った。給料がよくて仕事もおもしろかった。だが楽しいはずの人づき合いでは、政略的な駆け引きに自分がまったく向いていないことを思い知らされた。根本的に田舎娘だったのだ。出世にがつがつしていない人たちと過ごすことや、下心のない夕食の招待に応じることが最高の幸せだった。

　転機は直接の上司である女性が解雇されたときに訪れた。あることを処理できなかったから辞めてもらった、と上役の男は説明した。〝あること〟が何を指すか、イゾベルは後任に昇格してから知った。祖母の死は不幸に輪をかけたかに見えたが、遺産をイゾベルが相続した旨を知らせる弁護士の手紙が運を開いた。それで田舎家を買い、ほかの仕事をゆっくり探すことができたのだ。

　そんなときにふと思いついたのが、工芸品店を開くことだった。地方新聞に載せた広告は驚くほど早く実を結んだ。その地方の多くのアマチュア職人たちは、それまで作品を陳列する場所を持たず、展示会やがらくた市で売るしかなかった。販路を確保するために不当な低価格を受け入れることもたびたびだった。カプリースの開店は、彼らにとって干天の慈雨となった。店の商品の水準が日増しに高くなることに、イゾベルはいつも驚いていた。

　この五年間は、イゾベルの人生で最高に幸せな年月だった。だが、それまで漠然とした懸念にすぎなかった家賃値上げの問題は、今や地平線上の黒雲のように立ちはだかっていた。販売価格を上げずに家賃の値上げに対処することは難しい。しかも商品の価値は品質にある、と彼女が思っていても、近ごろの人々はブランド名を重視する。

ドアを開け、さわやかな芳香の漂う涼しい玄関ホールに入っても、イゾベルは思案にふけっていた。リチャードは値上げを最小限に抑えることに全力を尽くすと約束した。あまり貪欲《どんよく》にならないよう、彼が上司たちを説得できれば、それは成功するだろう。店主たちはそれを信じて待つしかない。

彼女の進路を決めたのは、またしても年老いた女性の死だった。ミセス・フォックスワースはホーシャムの大半の土地を持っていたが、一年ほど前に亡くなった。以後、そのあらかたはシャノン・ホールディングスに売却された。シャノン・ホールディングスは世界の先進諸国と取り引きしている会社で、ミセス・フォックスワースの不動産業とは格の点で天と地ほどの隔たりがあったが、両者は親密と言える関係を結んでいた。バーニー・ペンローが退陣したあと、今その地位にいるのがリチャード・グレゴリーだ。イゾベルの見るところでは、にこやかで礼儀正しいが、資本主義者の典型のような男だった。

リチャードが三カ月ほど前に初めて現れたとき、クリスティンは貝殻のネックレスを買った男について言ったのと同じコメントをした。リチャードの場合はそれほど見当違いでないことを、イゾベルは認めるしかなかった。リチャードは彼女に魅力を感じたことを隠さなかったし、ホーシャムをたびたび訪れるのは、予想される家賃の値上げについて報告するためだけでないことを、彼女は知っていた。

だがリチャードの交際の申し込みには取り合わなかった。彼が結婚していたせいもある。

また、妻と不仲だといっても、子供たちがいる事実は、いつも仲たがいしているわけではないことを示している。リチャードはおもしろい話で笑わせてくれるから嫌いではない。だが、イゾベルは自分が求める条件にぴったり合う男性を探すべきだと思っていた。決して見つからないのでは、と思うときもあったが。

暖かい夜だ。六月はこれまで雨天続きだったが、この二日間は天気が回復していた。イゾベルは自宅の窓を早く開けたくてたまらなかった。家の中をさわやかに保つために、ポプリの皿をあちこちに置いてある。それなのに暑さのせいで、少しかび臭いにおいが漂い、ブラインドのすきまから差し込む光の帯の中に細かいほこりが舞った。

それでも、家はいつもと同じように心を楽しませる。初めて持った自分の家だからかもしれない。二人の若い女性と同居していたロンドンのアパートは決して自分の家ではなかった。戻ってきて両親と暮らせば、いろいろ問題が起こったに違いない。それは今振り返ってみるとよくわかる。

とにかく、親子関係を危うくせずにすんだことにイゾベルは感謝した。ここに住んで五年のあいだに、こまごまと手を入れた。暖房設備を十分に整えたことは最大の改良点だった。この家で過ごした最初の冬はベッドの中で震えていたのだ。

欠陥を直した今は居心地のいい家になった。オーク材の梁《はり》とユーモラスな形の暖炉は好評を博している。もちろん広くはない。一階に居間と食堂兼キッチン、二階に二寝室と浴室があるだけで、寝室のひとつは納戸と大差ないほど狭い。大型レンジとシャワーも設置した。キッチンと浴室の設備も一新した。だが調和を損なわないように心がけたので、訪れる人たちは異口同音に温かい感じがすると言う。

買ってきたものをキッチンのテーブルに置き、腐りやすいものを冷蔵庫に入れたあと、イゾベルはシャワーを浴びに二階へ行った。夕食前に入浴して着替えれば、おいしい食事とグラス一杯のワイン、ラジオから流れる音楽が待つ楽しい夜が始まる。

暖かい夜なので、イゾベルはわざわざドレスに着替えずに、深紅のシルクのキモノをまとって階段を下りた。サテンの襟に蘭《らん》の花のアップリケが連なったキモノは、母が東京で買ってきたものだ。色は派手すぎるにしても着心地は抜群にいい。

オムレツに添える野菜を炒《いた》めていると、玄関のドアがノックされた。

人が訪ねてくる予定はない。父も母も来るときは必ず電話で予告するが、留守番電話には、両親も兄も義姉もメッセージを残していなかった。

一瞬イゾベルは、さっき店に来た男性ではないか、と思った。結局、今夜ネックレスを持っていくことにしたのかしら。いいえ、それはあり得ない。私の住所を知らないのだから。それに、店員がお客の買ったものを家に持ち帰ることは決してない。

フライパンを火から下ろし、手をペーパータオルで拭《ふ》いて鏡をのぞき込む。シャワーで洗った髪はドライヤーで乾かしたが、肩に下ろしたままになっている。人に見せたい姿ではない。

またドアがノックされた。イゾベルはため息をついた。窓はすべて開け放してあるから居留守は使えない。来客に会って追い払えることを願うのみだ。ひょっとすると教区教会の牧師かもしれない。

信心家ぶったミスター・メーソンが真っ赤なキモノを見たときの様子を想像して、イゾベルは思わずにっこりした。まじめな顔をしようと努めながらドアを開く。だが、そこにいたのはメーソン牧師ではなく、リチャード・グレゴリーだった。彼は知らない人を見るような目で彼女をまじまじと見つめた。

「とてもすてきだ。どこかに出かけるのかい？」

「この格好で？　まさか。どうしてここがわかったの？」

「以前にクリスから聞いた。入ってもいいかい？」手を掲げて見せる。「ワインを持ってきたんだ」

「どうもご親切に。でも……」

「だめだとは言わないだろうね。オックスフォードからはるばる来たんだから」

イゾベルはため息を抑えた。「ごめんなさい。早く言えばよかったわ。これから出かけるの。今、支度をしているのよ」嘘《うそ》をついた罪を消すために背で指を交差させる。「無駄足を運ばせてしまったわね」

リチャードの顔は異様に赤くなった。肌の色がとても白く髪の色も淡いから、赤くなるとひどく興奮しているように見える。落胆したには違いないが、彼の様子にはそればかりでないものがあった。

「まさか、嘘じゃあるまいな」その口調にこれまで知らなかったリチャードの一面を見て、イゾベルは一瞬恐怖を感じた。少なくとも周囲一キロには誰もいない。隣家の熟年夫婦は旅行に出かけている。

「ごめんなさい」イゾベルは繰り返した。すると、友好関係を損なう危険に気づいたのか、リチャードは冷静さを取り戻した。

「いいよ。来る前に電話すればよかったんだ。このワインは贈り物だと思ってほしい。じゃ、来週」

イゾベルはワインを受け取りたくなかった。彼からのもらい物で穏やかな夜を台なしにしたくない。でも相手をまた硬化させるより、受け取るほうが無難だ。彼女は丁重に礼を言って別れを告げた。

ドアを閉めたあとで、彼女は思い当たった。おそらくリチャードは野菜炒めのにおいに気づいたのだ。それで私の嘘を悟り、急に不機嫌になったのかもしれない。いずれにせよ、彼が去っていったので、イゾベルはほっとしていた。

3

「うちの人、火曜の夜あの女に会いに行ったのよ」ジリアンは怒声を張り上げた。「彼女のところへ話をしに行かなかったの、パトリック？　そうするって約束したじゃない」

パトリックは吐息をついた。「なぜ義兄《にい》さんがそうしたとわかるんだ？　あとをつけたのか？」

「そんなことするもんですか。あなたが教えてくれたように、車の走行計を調べたのよ。水曜日の朝には百五十キロ以上も増えていたわ」

パトリックは体を拭《ふ》いていたタオルを捨てて鏡をのぞき込んだ。ひと晩のうちに伸びたひげを眺める。家政婦がミセス・グレゴリーから電話だと知らせに来たのは、シャワーから出ようとしたときだった。昨夜、姉が電話してくるかもしれないとは思ったものの、彼がバーゼルから戻ったのは深夜だった。

「彼女と話したの、話さなかったの？　私はやけを起こしかけているのよ。リックが私の気持にこれほど冷淡なことは今までなかったのに」

「つまり、義兄さんがこれほど夢中になったのは初めてなんだね。姉さんが〝今まで〟と言ったのがその証拠だよ。何回不倫されたら目が覚めるんだ?」

ジリアンはぐすっと鼻を鳴らした。「うちの人を愛しているの。欠点があるのは知っているけど。でも、彼も心の底では、私を愛しているのよ」

パトリックはうなり声を抑えた。義兄が愛しているのは自分自身だけだ。今はあのさえない若い女にのぼせているが、すぐ別の女に目移りするだろう。

「じゃ、そのことを義兄さんに話せばいいだろう」パトリックは言い返したが、姉が質問を繰り返したので、まだ答えていなかったのを思い出した。「会ったさ。気をもむことはないよ。リックがあんな女を本気で好きになるわけがない。さえない女なんだ。きっと一時の気の迷いだよ」

ジリアンは金切り声で叫んだ。「そう言えば私の気が晴れると思うの?」

「晴れるさ。もう二週間ほど目をつぶっていれば、すっかり片がつくよ」

「目の前で起こっていることに目をつぶれといっても無理よ! リックは今度は本気だわ。私や子供たちをほったらかしだもの。スージーはうすうす気づいて、昨夜《ゆうべ》も言ったわ。なぜパパはもう遊んでくれないのって」ジリアンはまた鼻をぐすっと鳴らした。「とにかく、彼女にどう言ったの? リックは既婚者で妻子を養っているって言ってくれた?」

「もう知っていると思う」イゾベルがスージーの名前を出したことを思い出し、パトリックはしぶしぶ認めた。「彼女と話したかぎりでは、それが有利かどうかは疑問だがね。僕の言う意味がわかれば、姉さんは事態を悪化させかねないからな」

「何を言っているのかわからないわ！　それにあなたにはなんの力もないみたいな言い方ね。要するに私を助けたくないんでしょ！　あなたの考えだと、あの女が完全に主導権を握っているのね」

「そうじゃない」電話をたたき切りたくなって、パトリックは奥歯をくいしばった。

「いいわ。私が自分で会いに行くから」

「それはだめだ。じゃあ、もう一度行ってくる。でも何も約束できないよ。姉さんの考えを伝えて、彼女の言い分を聞くだけだからね」

「あの女を店から追い出せないの？」

「追い出す？　なんの話だ？」

「あの並びの店舗は全部シャノン・ホールディングスのものよ。そうでしょう？　あの女が店子《たなこ》でなくなれば、リックは会いに行く口実がなくなるわ」

「それで不倫をやめさせられると思うのか？」

「そうできるかもしれないわ」

「もういい。僕に任せることだ。なんとかしてみるから」

受話器を無事に戻すと、パトリックは不機嫌な顔で洗面台に向き直った。かみそりを手探りで取り、自分の目を見ないようにして乱暴にひげを剃《そ》る。ときどきジリアンは、海外の事業を全部合わせたよりも扱いにくくなる。正確には、リチャードは、と言うべきかもしれない。あの女性ではなく夫を追い出すことを勧めたら、姉はなんと言うだろう。

　そんなことができないのは、もちろんわかっていた。いかに欠点があろうと、リチャードは家族なのだ。しかもジリアンと結婚した直後、勤め先の日本の企業が台湾に移転したために失業した。それでパトリックが仕事を提供したいきさつもあった。

　当時ジリアンは初めての子供を身ごもっていた。彼女にとって、極東行きは論外だった。イギリスに残って家族のそばにいたかったのだ。その願いを退けるのは、よほどの薄情者でなければできない。

　そんな姉のために、パトリックは便宜を図った。数年前に父が亡くなって以来、家長と見なされていたからだ。彼はその責任を軽く考えなかった。シャノン・ホールディングスは別として、彼が担おうと決心したのはその責任だけだった。その決心をさせたのは、別れた妻の強欲な策謀だった。

　かみそりを持つ手が滑った。パトリックは悪態をついてタオルで顎をぬぐい、純白のコットンについた血を見て顔をしかめた。ジリアンは自分の問題だから自分で処理すればいいじゃないか。またイゾベル・ヘリオットに会うのはたくさんだ。

　たまたまその朝は予定がなかった。本来はスイスでの会議から今日戻るはずだったのだ。

午後の役員会に出席するにしても、ウォーリックシャーまで車で往復する時間はたっぷりある。ジョーに電話さえすれば、一時間以内に向かえるだろう。

ミセス・ジョイスは朝食を用意していたが、パトリックは二杯のコーヒーとトースト一枚しか口にしなかった。

「どうしたんですか？」自分のブルーベリー・パンケーキに彼がいつもと違って食欲を示さないので、ミセス・ジョイスがうるさく追及する。

パトリックは申し訳なさそうに微笑した。「今朝はおなかが減っていないんだ」『フィナンシャル・タイムズ』を折りたたんで立ち上がる。「ジョーが来たら、これを出せばいい。きっと喜ぶだろう」

「で、午前中ずっと消化不良で苦しめるんですか？　だって迎えに来るなら、だんなさまをお待たせしちゃいけないと思って急いで食べるでしょう。ミスター・マザンブは実直が何よりの取り柄なんですよ」

「誰でもだよ」パトリックは小声で言い、丸めた新聞で腿をたたきながら居間を出た。ミセス・ジョイスの説教につき合うひまはない。今はジリアンのために闘い、同時に事業を運営しているのだ。

二時間後、バンベリーとストラットフォードの分岐点が近づくと、パトリックはロンドンを出たときから読んでいた書類をしまった。

「あとどのくらいだ?」

「たぶん二十キロほどでしょう」ジョー・マザンブはバックミラーに映った雇主を探るように見て、道路に目を戻した。「またちょっと寄り道ですか? それともあのご婦人と昼食をとるんですか?」

「女性に会いに行くと、どうしてわかるんだ?」

「聞いたんです」ジョーは環状交差路の手前で減速しながら平然と答えた。「ミセス・グレゴリーは声を落とすことにあまり頓着《とんちゃく》しませんからね」

「確かにそうだ。今度は成果があるよう祈ろう。こんな旅行は二度とごめんだ。月曜日にアメリカに出張するから、もうこのことに割く時間はない」

ジョーはとがった頭をうなずかせた。同じ年ごろの若者たちの大半がそうしているように、彼も頭を剃り上げている。その頭と、広い肩幅やたくましい体格には、どんな誘拐犯もおじけづかせるだけのすごみがある。同じ地位にある男性なら誰でもそうだが、パトリックもさまざまな脅迫を受けていた。そんな彼にとって、ジョーは運転手兼ボディーガードであり、腹心の友でもあった。

「じゃ、ホーシャムで昼食をしないんですか?」ジョーは尋ねながら、速度を上げて自転車の二人連れを追い越した。

「あたりまえだ。遊びに行くわけじゃないぞ」

ジョーは肩をすくめた。雇主の不機嫌には慣れている。それに、姉にがみがみ言われないかぎり、普段は非常に温かい上司なのだ。

その朝の大通りには駐車スペースがなかった。そこで、パトリックは工芸品店の近くで自分を降ろして、十五分後に店の前に来るようジョーに指示した。

カプリース。

この前と同じように、店へ入る前にジョーウインドーをのぞき込む。母子《おやこ》連れと、カウンターの後ろでその相手をしている女性のほかは誰もいない。

まずい、とパトリックは思った。これ以上待つ時間はない。ジョーが車を回してくるときには店の前にいなければならないのだから。

ドアを押し開けると鈴が鳴った。一陣の風に、数少ない風鈴がいっせいに軽い音をたてる。二人の女性が同時に振り向いた。子供が親指をしゃぶりながらまじめくさった顔つきで見つめてくる。

二人の女性がどちらもイゾベルでないのは、すぐわかった。彼女が母親であるとは思えないし、カウンターの後ろの女性は十代の少女に見える。意を決して入っただけに、パトリックはがっかりした。

「こんにちは」カウンターの女性があらわな興味を浮かべた目を向ける。「イッシーにご用？　奥にいるから呼んでくるわ。今、食事に出るところよ」

「僕は、その……」

女性は止める間もなく去った。よちよち歩きの女の子を支えている若い女性は、慰めるようにパトリックに笑いかけた。「いいお天気ね。風がなければもっといいけれど。でも洗濯物が乾くから電気代の節約になるわ。うちの人がいつもそう言うのよ」

パトリックは愛想笑いを返した。「ともかく晴天なのは何よりですね」イギリス人はなぜいつも天気の話をするのだろう。そう思いながら目を伏せると子供が樽《たる》から枯れ葉のようなものをつかみ出して口に入れかけている。パトリックをそれを頭で示した。

「お嬢さんもランチを食べたいらしいですよ」

「え？　あらら、トレイシーったら！」女性はかがみ込んで子供の手からくしゃくしゃになったものをつまみ上げた。「これはポプリよ。またこんなおいたをして。クリス叔母ちゃんが困るでしょう？」

にやりとしそうになって、パトリックが子供に背を向けかけたとき、イゾベルが少女を従えて奥の部屋から出てきた。

今日は、花柄のドレスを着ている。裾《すそ》はこの前と同じように長かった。カウンターの端を回ってきたとき、相変わらず重そうなブーツを履いているのが見えた。デニムのショルダーバッグが服装をいっそう戸外向きに見せる。

「さあ、どうぞ。リボンをかけました。特別な贈り物のようなので、彼女が喜ぶかもしれませんから」

「彼女？」パトリックは一瞬戸惑った。ほのかな香水の香りにまた包まれて、彼はイゾベルの体がすぐそばにあることを強く意識した。ドレスの袖《そで》は短く、V字型の襟から胸の谷間がのぞいている。彼女が通りすぎるとき、彼は温かい肌のにおいもかぎ取った。

「あなたの姪《めい》ごさんよ」

答えは肩越しに聞こえた。パトリックははっと思い出して気を引き締めようと努めた。

「そう。僕の姪だ。ありがとう。きっと喜ぶよ」

嘘《うそ》つき。

スージーがこれを見ることは決してない。それは二日前にこのネックレスを買ったときから知っている。ほかの場所で買ったふりはできないだろうか。いや、嘘が露見する可能性が高すぎる。それに高価なものでもないし。こんなふうに包みを受け取った以上、もうここにとどまる必要はない。

むしろ、彼女のほうがそう考えているだろう。

今は立ち去るしかない。たとえ奥の部屋で二人だけで話したいと要求しても、壁にどれだけの防音効果があるかわからない。自分たちの話を店員に聞かれることは、考えただけでもおぞましい。

ほかに手はないものか。

イゾベルは彼が出ていくのを待っていた。パトリックは頭を強く一振りすると、出口に向かった。また来る口実を考えなければ、と思いながら。

日光の中に出たとき、パトリックは背後にイゾベルがいるのに気づいた。そういえば、と彼は思い出した。クリスとかいう店員が言っていたな。イゾベルはランチに出かけるところだ、と。

パトリックは彼女のためにドアを押さえた。イゾベルは迷惑そうな顔をしたが、それでも硬い微笑を浮かべた。「あ、どうも」そう言って歩道を歩き始める。パトリックは思わずその腕をとらえた。

「待ってください……」

「なんですか?」

イゾベルがきっと振り向く。パトリックはとっさの思いつきで言った。「ランチをご一緒していただけませんか? 仕事のことで話があるんです」

4

イゾベルは息をのんだ。「仕事のことで？　どういうお話ですか？」

パトリックは大通りの前後を見た。「ここではなんだから」目を彼女の顔に戻して言う。「君のアシスタントの店員が言っていたが、食事をしに行くところだってね。一緒に食事をすれば一石二鳥だ」

「でも名前も存じ上げないのに。それに、カプリースに本当に関心をお持ちだとは思えませんけど」

そう言った瞬間、イゾベルは憂鬱《ゆううつ》になった。これじゃ、私に関心があるんでしょう、と言っているみたい。そんなことはあり得ないのに。しかもリチャードのように、この人も結婚指輪をはめている。

「いや違う。それから僕の名前はパトリック・ライカーだ」片手を差し出す。イゾベルはその手を握るほかなかった。「これで正式に紹介したよ」

イゾベルは短く笑い返した。だが、すきを見て手を引き抜いた。彼に触れたくなかったのではない。反対に、彼女の汗ばんだ手を握る肌は悩ましいほど親密な感触を伝えた。彼女が警戒したのはまさにその感触だった。

「で、ランチはどうですか？」パトリックは光線によって緑にも薄茶にも見える目でイゾベルの目を見つめた。風が彼の黒髪を一房吹き上げて額に落とした。それを褐色の長い指がかき上げる。その動作につれて髪が清らかな白さの襟を払った。

イゾベルは眺めながら、パトリックがその襟ほど清らかかどうか怪しいものだと思っていた。引き締まった知的な顔は豊かすぎる経験をにじませている。高い頬骨とほっそりした鼻、冷酷な感じを与えるほど薄い唇は、美男と言うには鋭すぎる。だが、いかにも女性にもてそうな魅力があることは確かだ。

「お昼は食べないの」イゾベルはようやく言った。昼休みにはいつも自宅に帰るのだが、そんなことを話すつもりはない。それでも、男性を見上げるのはまったく楽しいことだった。身長百七十三センチの彼女には、いつも味わえる楽しさではない。

「たまにはいいでしょう」パトリックはまた道路の前後を見た。「あ、ちょっと失礼。連れに断らないと。すぐ戻るから、ここで待っていてください」

イゾベルはため息をついた。一緒に食事をしたくないと言っているのが、なぜわからないの？

ふと背中に視線を感じて振り返ると、クリスティンとその姉が、香料入りキャンドルのピラミッドの後ろからのぞいている。興味津々の様子だ。がっかりさせてやろう。イゾベルはそう決心した。誰が見せ物になるものですか。

パトリックは道路の反対側で、縁石に駐車した緑色の大型リムジンの窓をのぞき込んでいる。運転席にいる黒人を見ながら、イゾベルは考えた。クリスの言うロールスロイスとはあの車のことかしら。

ある考えがひらめいた。パトリック・ライカーはホーシャムの地理に詳しくない。脇道《わき》に入ればきっと逃げきれる。イゾベルは唇を固く結ぶと、最初の十字路を目指して足早に歩き出した。迂回《うかい》して家に帰れるかもしれない。こんなことをさせられるのはしゃくだけど、あの人が仕事の話をしたいと言うのは嘘《うそ》に決まっている。

じゃ、何が目的かしら。配送車が十字路をいつまでもふさいでいるので、イゾベルはじれて足で地面を軽く踏みつけた。彼が貝殻のネックレスを買ったのは、私を気に入ったからじゃないわ。そんなことをするには、洗練されすぎているもの。

「イゾベル……ミス・ヘリオット！」

イゾベルが聞こえないふりをしようと考えたとき運転手しか乗っていないリムジンがそばを通りすぎた。パトリック・ライカーが力強い足取りでぐんぐん迫ってくる。待とうか、逃げようか。でも、逃げるのはなんとなく子供っぽい気がする。

「どうしたんだ？」彼が追いついてきて尋ねる。イゾベルは彼をいらだたしそうに見た。

「説明したはずよ。昼食をとる時間はないわ。招待してくださってありがとう。でも、もっと重要な用事があるの」

「事業を拡張することより重要なのか？　君に直営店をもう一軒提供しようと考えているんだ。ストラットフォードにね。もしよければ、だが」

イゾベルはつばをのみ込んだ。「なぜなの？」

パトリックはやや面食らった様子だったが、すぐ立ち直って肩をすくめた。「理由など、どうでもいいじゃないか。悪い話じゃないと思う。昼食につき合ってくれれば詳しく説明するよ」

「無理よ」イゾベルは男物のような腕時計を見た。「三十分で店に戻るんだから。クリスは――アシスタントの店員だけど――パートタイムで働いているの。遅くならないって約束したのよ」

少なくとも部分的には本当だ。クリスはパートタイマーだし、私は遅くならないと約束した。でも、遅れてもクリスは了解するに違いない。雇主がこの人と昼食をしていると思っていれば。

「じゃ、今夜夕食を一緒にしよう。ぜひ話したいことがあるから」

イゾベルはためらった。常識では断るべきだとわかっているのだが、心の奥でもう一人の自分がそそのかす。承知したからって、失うものなど何もないでしょう。この人に夢中になるわけじゃないし。魅力的な男性とワインつきの夕食をする機会を素直に楽しめばいいのよ。少なくとも食事はおいしいはずだし、彼も嘘を言うとはかぎらないわ。

「いいわ」イゾベルの舌はまたしても頭脳より数秒早く動いていた。「どこがいいかしら。そこで落ち合うわ」思案をめぐらせる。「スウォールフォードにコーチハウスというパブがあるの。ほんの一キロ半ほど先だけど、そこでどうかしら？」

「よさそうだ。でも、僕の車で迎えに行くよ。そうすれば一緒に飲めるから」

「いいの。どうせ、あまり飲まないから」イゾベルは急いで言った。自宅の住所を知らせるつもりはない。「じゃ、七時半でいい？　店は六時までだからこれ以上早くできないの」

「いいよ。じゃ、それまで。楽しみにしている」

イゾベルは微笑したが、私も楽しみにしているわとは言わなかった。自分の決断に疑問を感じていたのだ。この人の動機をうさんくさいと思っていながら、なぜ会うことを承知したのかしら。なぜか、失うものは何もない、とはもう思えなかった。

その夜、イゾベルの帰宅は予想より遅くなった。数人の日本人観光客が店に来たのだ。言葉が不自由なせいで、彼らの買い物はひどく手間取った。最後の一組を送り出したときは六時十五分だった。

何かと大変な一日だった。それでもまだ終わっていない。今夜着ていくものを選ぶ仕事が残っている。これからの夜を考えると、イゾベルは不安でいっぱいになった。でも、約束は約束だ。私から無理やり話をきき出したクリスに言わせれば、この機会をうんと利用すべきなのだ。彼女はこう言った。〝彼の動機がなんであろうと、パトリック・ライカーは私がこれまで見た中で最高にすてきな男性よ。あなたが行きたくなければ、喜んで私が行くわ〟

そんなことができるはずもないのは、クリスもわきまえている。かといって、服装のことから化粧のことまで、助言するのはやめなかった。

〝あのシャンパーニュをつければ？〟イゾベルが誕生祝いに両親からもらった高価なイヴ・サンローランの香水を勧めた。〝今夜だけは、髪を編まずに自然に下ろすのよ。そのほうが似合うから〟

帰宅して三十分後、イゾベルはベッドに脱ぎ捨てた衣類の山をいらいらしながら眺めていた。パトリックのような男性と夜を過ごすのにふさわしい服は一着もない。着るつもりだった紺色のスーツはひどく堅苦しい感じがする。ドレスはどれもコットンで着古したものばかりだ。もっとおしゃれに気をつけるように、という母の忠告を無視してきたことが、今さらのように悔やまれる。

イゾベルは一番ましな服を取り上げた。一番気に入らないものでもあった。ほかの衣類ほど古びていないのは、そのせいかもしれない。上質なコットンジャージーの黒いエプロンドレスで、これまではTシャツの上にしか着なかった。だが今夜は細いストラップをあらわな肩にかけることにした。上から下までボタンで留めるドレスは、彼女が無視しようとしてきた曲線をくっきり現した。

イゾベルはため息をついた。場違いには見えないが、これまでに着たどの服よりも肌が露出している。また脱ごうとしたとき、玄関のドアがノックされた。

「もう！」イゾベルはうめいた。リチャードかしら。火曜日の夜、あんなふうに追い返されたのにまた予告なしに来るなんて。

彼女は居留守を使おうとした。だが、またドアがノックされた。母が来たのかもしれない。一週間近く会っていないから。母なら長居はしないだろう。

誰が来たのかを見極めることにして、イゾベルは階段を駆け下りた。寝室からでは屋根のひさしがじゃまをしてポーチが見えない。道路に目を向け、見慣れない車が止まっているか調べる方法もあるが、ガレージがないので彼女自身も門の前に駐車している。教会を訪れる人々が車を止めることもあった。

ドアを開けたとき、そこに止まっていたのはパトリック・ライカーの車だとすぐわかった。狭い道路の交通を困難にする横幅と優雅な深緑色は間違いようがない。持ち主は昼と同じ紺色のスーツ姿でポーチに寄りかかっている。もっとあとで会う約束なのに。イゾベルは彼の厚かましさにむっとした。

「やあ」パトリックは彼女の仏頂面を気にする様子もなく言った。「用事が早く片づいたから、迎えに来たよ。すてきだ。支度も終わったらしいね」

イゾベルは子供のように地団駄を踏みたかった。この人には、私の住所を知る権利はない。といっても誰が教えたかは察しがつく。この人と夕食をすることを知らせたとき、クリスがあんなに取り澄ましていたのも当然だわ。とっくに知っていたのよ。

「まだよ。道順を説明するから先に行けば？」

「君を残して？　待っているほうがいいよ」

「お好きなように」そっけなく言い捨てると、イゾベルは彼の面前で玄関のドアを閉めた。たぶん失礼だったと思うけれど、あの人を知らないんだから仕方がない。そう自分に弁解しながら二階に戻る。女性にとって、知らない人を家に入れるのは禁物だもの。しかも彼の運転手とも護衛ともつかない男がしびれを切らすに決まっている。あの人が約束の手順を変えたのは、私の責任じゃないわ。

イゾベルはため息をつき、黒いドレスで間に合わせることにした。また着替えて、何を着ていくかでやきもきしていると思わせたくない。アイシャドーとマスカラを少し、それにキャラメル色の口紅を塗ると、ねらいどおりの効果が出た。最後にもつれた髪をブラシで整える。

髪は編まないこと、とクリスは言った。でも若い店員の言葉を全面的に信頼していいかどうかはわからない。結局、伸縮性のあるベルベットのバンドで襟足にまとめることにした。

パトリック・ライカーやその運転手が見ている前で、玄関を出てドアに鍵《かぎ》をかけるのは勇気がいる。視線を浴びることに慣れていないし好きでもない。イゾベルは黒と白のペイズリー模様のスカーフに感謝した。暖かい夜なのだが、それで肩を覆っているおかげで、肌があまり露出しているように感じない。

ところが車に近づいたとき、イゾベルはパトリック・ライカーしかいないことに気づいた。彼は車の向こうから現れて助手席のドアを開けた。イゾベルはあれほど用心したのに、しばらく二人だけで過ごさなければならないことに気づいた。

「どこに、あなたの……？」

呼び名に困って口ごもると、パトリックが助け船を出した。「ジョーかい？　ジョー・マザンブという名だ。今夜は休暇を与えた」助手席のドアを閉めたあと、彼は反対側に回って運転席に座り、イゾベルに目を向けた。「いやなのか？」

いやだと言えば失礼になる。それにスウォールフォードまで一キロ半足らずだ。この人が飲みすぎたらタクシーで戻ればいい。

「あのかたが運転すると思っていたものだから」

「僕を信頼しないのか？」パトリック・ライカーが尋ねる。イゾベルは自分の控えめな言葉に彼がだまされなかったのを悟った。「証明のしようはないが、僕は危険な男じゃないよ」

「そんなことは思わないわ。言いたいのは……」

「僕を嫌っていること？」パトリックは皮肉な微笑に唇をゆがめてエンジンを始動させた。

「かまわないよ。一緒に仕事をするうえで支障はないからね」

「そういう意味じゃないわ」

「違うのか？」

イゾベルはそれ以上何も言えなかった。路地の交通がとだえたのを見て、パトリックが車を発進させたのだ。彼女の家を過ぎると、路地は大通りに交差する別の路地の手前で狭くなる。誰もが知っている道順ではない。イゾベルは、彼が事前に道筋を調べたのではないかと思った。

「違うわ」彼女はそう言い、パトリックが大通りに沿って左折したとき、かすかに声をとがらせてつけ加えた。「ここの地理をよく知っているようね」

「標識に従っているだけだよ」一瞬おいて、パトリックが言う。十字路にスウォールフォードの方角を示す矢印があったことは確かだった。

それからしばらく会話はとぎれていた。イゾベルは必死に話題を探した。聡明《そうめい》だと思われたいわけではないけれど、ばかだとも思われたくない。ここしばらく渇水が続いていると言ったところで、パトリック・ライカーが興味を示すだろうか。

パトリックはのろのろ運転で町を通った。だが速度制限区域を出ると、車を本来のスピードで走らせた。ホーシャム周辺の道路はどれもほとんどまっすぐなので、車を疾走させるのに問題はない。だが彼はスウォールフォードまで一キロ半ほどの道を、驚くほど短時間で走破したのだった。

「ここらしいな」パトリックはようやくそう言って車をコーチハウスの駐車場に入れ、古ぼけたベンツの隣に止めた。まだ夕刻だが、かなりの数の車がパブの前庭を占領している。

「がっかりしないといいけれど」周囲の環境には豪華すぎるリムジンを見ながら、イゾベルは小声でつぶやいた。だが、パトリックはそれを聞きつけ、間接的な賛辞と受け取って唇をほほ笑ませた。

「今夜はがっかりすることなど何もないよ」同じように間接的な言い方で安心させ、次にもう少し穏やかな口調で促した。「中に入ろうか？」

5

バーにはたばこの煙が立ち込めていた。だが食堂は旗を飾った中庭に隣接し、広く開けたドアから夜の空気が流れ込んでいた。中庭にも数個のテーブルがある。イゾベルはパトリックに任されてドアに近い室内の席を選んだ。彼女がメニューを何げなく見ているあいだ、パトリックは飲み物を取りに行った。

イゾベルに頼まれた白ワインのグラスと自分用に輸入ビールの瓶を持って戻ってくると、彼は向かい側の木の椅子を引き出して座り、彼女からメニューを受け取ってざっと目を通した。

「慣れないものばかりでしょうけど」イゾベルはややぎごちなく言い、彼の思惑を気にしたことで自己嫌悪を感じた。

「僕が慣れているものなど、君にはわからないよ」パトリックはメニューから目を上げて言い返した。「君は何にする？　それとも極秘事項かな？」

「ラザーニャよ。サラダが先に出てくるわ。ラザーニャは店内で作っているの。ここの経営者の奥さんはシエナの出身なのよ」

「フィレステーキとか、肉類は食べないのか？」

「菜食主義者かという意味なら、そうじゃないわ。ラザーニャには肉も入っているのよ」

「僕もそれにしよう。それとボルドーの赤をひと瓶。僕がステーキを注文しなかったと知ったら、運転手はなんと言うだろうな」

その意味を判じかねて、イゾベルはまつげの陰からパトリックを見上げた。すると、彼は白い歯を見せて笑った。その笑顔はどきっとするほど魅力がある。イゾベルは不安を紛らわせるためにグラスを取り上げ、ひと口飲んだ。クリスの言うとおりだわ。この人はすてきで……危険だ。

パトリックは注文を伝えに行った。でき上がれば席に運ばれることになっている。イゾベルはいつ彼が用件に取りかかるのだろうと考えていた。私と一緒にいることを、彼が喜んでいると錯覚するのはいいけれど、あの人は既婚者なのを忘れないこと。そう自分に言い聞かせた。

「とてもいいところだね」二、三分後、パトリックは戻ってきて椅子にかけながら言った。

「子供たちが夏休みに入るころには、もっと混《こ》むわ。遠くないところにハウストレーラーの駐車用地があるので、夜には大勢の人がバーに来るの」

「ここにはよく来るのかい？」

「そうでもないわ。年に六度くらいかしら。夜はあまり出かけないのよ」

パトリックは彼女を凝視していた。「というと、特定のボーイフレンドはいないのか？」

イゾベルは息をのんだ。「あなたに関係ないでしょう？」

「関係あるようにしたいと言ったら？」

「だめよ。あなたは既婚者じゃないの。それより、ここに来た目的について話すべきだと思わない？」

「僕が既婚者だと、なぜわかる？」

「どうでもいいじゃない」単に拒絶しなかったことを悔やんだとき、ウエイトレスがサラダを持ってきたので、イゾベルは救われたような気がした。「ありがとう。私の分はドレッシングをかけないで」

パトリックもドレッシングを断り、ウエイトレスが去るとすぐ糾明に戻った。「どうでもよくない。僕は好奇心が強いんだ。ぜひ聞きたい」

「だって、結婚指輪をはめているじゃないの。さあ、食事を始めましょうよ」

「これは結婚指輪じゃない。昔はそうだったが、今は違う。六年近く前に離婚したんだ」

「本当？」

「本当だ。信じないのか？」

「もちろん信じるわ。でも言ったように、どっちみちどうでもいいことよ」

「というと、既婚者とはつき合わないのか?」

「ええ」イゾベルがぎごちなく答えると、パトリックは急に険しい顔になった。

そのあと、二人は黙々とサラダを食べた。イゾベルはまた彼の気に入らないことを言ってしまったと思った。やはり、この人は結婚しているのを隠しているのかしら。おそらく二度と会わない男性なのに、なぜそんなことを気にするのか、自分でも不思議だった。

「あのネックレス、姪《めい》ごさんの気に入ったかしら?」イゾベルは話題を変えたい一心で尋ねた。そのあとしばらく、質問を無視されたような気がした。

しかし、パトリックは長い沈黙のすえに答えた。「まだ渡していないんだ。姪は、その……ロンドンに住んでいないから」

「あなたのお住まいは、ロンドンなの?」

パトリックはしばらくたってあきらめたようにうなずいた。「ああ。でも、ときどき都会を離れるのはいいことだ」

「ウォーリックシャーに来るのが?」

「ウォーリックシャーは特にいい」パトリックは表情を少し和らげた。「君も旅行好きかい、ミス・ヘリオット?　それとも田舎の生活のほうが好きなのかな?」

自分がホーシャムに閉じこもっているとパトリックに決めつけられ、イゾベルは我知らず腹を立てていた。それを感じたように、彼は静かに言い足した。

「批判しているわけじゃない。君がここの生活に満足してるなら、うらやましいと思う。僕は本当の心の安らぎを一生かかって見つけようとしているんだ」

「心にもないことを言わないで」

「なぜ？　これは本音だよ。もっと親しくなれば、ほとんどの場合、僕が本音で話すのがわかるさ」

「ほとんどの場合？」

「仕事をしていれば、例外を設けなきゃならないときもある。何もかもさらけ出す必要はないよ」

「どんなお仕事をしているの？」

「あれやこれやだ。たいていは、ここや外国で品物を買ったり売ったりだが」

「ここって、ホーシャムで？」

「つまりイギリスでだ。それよりまだ僕の問いに答えていないね。田舎の生活のほうが好きなのか？」

「ここに住むしかないもの」イゾベルは口ごもったあと、しぶしぶ続けた。「ひところロンドンに住んでいたの。学位を取ったあとでね。でもうまくいかなくて、戻ってきたわ」

私がロンドンで何をしていたか、この人は知りたがっているに違いない。イゾベルは推察した。だがウエイトレスがワインを持って戻ってきたせいで、質問は妨げられた。「ラザーニャが来るわ」彼女はサラダをどけながら言った。パトリックは二つのグラスに豊潤な赤ワインを注《つ》いでからひと口飲んだ。

「うん。これはいける」そう言いながら、グラスを押してよこす。心なしか、イゾベルは彼の口調にわざとらしさを感じた。

「田舎のパブにしては、という意味？」

「いや。どこに出しても上等だ。そんなに身構えなくてもいいよ。僕は通じゃないんだから」

「それって、自分を正当化する言葉でしょうね」そう言いながらも、イゾベルは彼の選んだワインのおいしさに驚いた。「あなたも〝自分の好みはわきまえている〟と言うタイプなの？　そう言って正当化するのは……」

「自分が無知なせいだから？　侮辱し合うのはやめよう。ロンドンではどこで働いてたんだい？」

　イゾベルはため息をついた。できればロンドンでの仕事や辞めた理由を話したくなかったのだ。「エイクボーンズに勤めたけど、いやだから辞めたわ」

「エイクボーンズ？　競売会社の？」

「ええ。だから、まったくの田舎者でもないのよ」

「田舎者だとは決して思っていないよ。じゃ、チャーリー・アンクラムという男を知っている?」

「上司だったわ」イゾベルはこわばった口調で答えた。パトリック・ライカーが彼を知っている可能性に気づかなかったのはうかつだった。二人はおそらく同じ人種なのに。

「本当に?」そう言ったあと、パトリックは敏感に察して尋ねた。「彼が嫌いだったのか?」

「私は好き嫌いを言える立場にいなかったの。あ、ラザーニャが来たわ。おいしそうでしょう?」

ラザーニャはいつものように美味だった。だがイゾベルは味を感じなかった。もしパトリック・ライカーが本気で私に仕事を提供する気なら、きっとエイクボーンズに問い合わせるだろう。そのときチャーリー・アンクラムがどう言うかは想像がつく。〝仕事ぶりはまああだが〟名門私立学校出身者に特有の気取った口調が聞こえるようだ。〝どうしようもない田舎者でね。僕たちは精いっぱいよくしたんだが、彼女がとけ込めなかった。そういうことさ〟

「彼が原因で会社を辞めたのか?」パトリックはしばらくして、ぽつりと言った。

「祖母の遺産を受け継いだからよ。都会生活に飽きていたので、田舎に帰ることにしたの」

「チャーリーがまた悪い癖を出したのかと思ったよ。女に手が早いことで有名だからな」

「だって、あなたの友達でしょう?」

「なぜ?　知人だから?　知人は山ほどいるよ、イゾベル。その全員を好きになる義務はない」

イゾベルは身震いした。パトリックが彼女の名を気安く呼んだのがいやだったのではない。かすかにアイルランドなまりのある、魅力的な口調が自分の名を発音するのを聞くのは楽しかった。といってもイゾベルは彼がイギリス育ちだと推測していた。

「お気に召したでしょうか?」

ウエイトレスが皿を下げに来て、イゾベルの皿を横目で見た。

「え……ええ」イゾベルは真っ赤になってわびるように言った。「あいにく、あまり食欲がなくて。きっと暑さのせいね」

「あるいは僕のせいだろうな」ウエイトレスが去ると、パトリックは静かに言った。「いつもはこんなに小食じゃないんだろう?」

「それは、太っているという遠回しな言い方なのかしら?」

「そうじゃない。君のスタイルはとてもいい。それに……」イゾベルが口をはさもうとするのを、片手でさえぎる。「心にもないことを言ってまたしかられる前に言っておく。そんなつもりはない」

頬のほてりがいっこうに冷めないので、イゾベルはグラスに逃げ場を求めた。彼を好きになるのはたやすい。関心を持たれていると錯覚するのは簡単だ。でも、こんな男性にはかかわらないほうがいい。人を悲しませることしかできないタイプだから。

「ところで、ストラットフォードの店の件だが、やってみる気はある？」

「もちろん、魅力を感じるわ」店がもう一軒あれば商品を置くスペースに余裕ができる。一方の店で縫いぐるみなどの繊維製品を売り、もう片方で金属製品や陶器を販売してもいい。シェークスピアの生まれ故郷という人気の高い観光地で商売をするほうが成功の見込みが高いのは確かだ。

「売り場と倉庫の面積はどれだけほしい？　ストラットフォードの店を今の店より大きくするのは認めるよ。小さな店舗に移っても無意味だからね」

イゾベルは細い眉を寄せた。「移る？」

「そう。もっと大きな店に移るんだ」

「ホーシャムの店をたためってこと？」イゾベルはパトリックを見据えた。「店をもう一軒開く話じゃなかったの？」

「僕がそう言った？」

「事業を拡張したくないかって言ったでしょう。ほかにどう考えようがあるの？」

「それは誤解だよ。もっと大きな町でもっと大きな店舗を持てば、それで十分じゃないか」

「田舎の店主にとって?」

「誰にとってもね。ぼくがわざと誤解させたと思っているなら残念だ。そんな意図は毛頭なかった」

「じゃ、どんな意図だったの?」声を数オクターブはね上げていたことに気づき、イゾベルは声を低めた。「私がストラットフォードに移れば、あなたにとってどんな利益があるの?」

「すべては君のためだ」

「本当?」

「本当だ。男を極端に悪く見ているんだね。チャーリー・アンクラムに何をされたんだ?」

チャーリー・アンクラムに胸が悪くなるような話を持ちかけられたことを、話すつもりはない。「もう帰るわ」イゾベルは背後の椅子に滑り落ちていたスカーフを拾って肩にかけた。「タクシーを拾うから、あなたは残ってワインを全部飲めば?」

「いや、僕も行く。支払いをするから、二、三分だけ待ってくれないか」

外はまだ明るかった。空気はさわやかでベルベットのように柔らかい。中庭のテーブルから漂う食べ物のにおいすら不快ではなかった。だが、薪《まき》の煙はもっといいにおいがする。保護区域ではばたくきじの鳴き声は、ナイフやフォークの音よりもっと耳に快い。イゾベルはその音色に終止符を打たなければならないのを、残念に思った。

イゾベルが手助けを待たずに車に乗ったあと、パトリックは上着を脱いで後部座席にほうり、彼女の横に座った。イゾベルは薄地のシャツに包まれた彼の浅黒い肌を強く意識した。

パトリックが襟のボタンをはずしてネクタイをゆるめたとき、ほのかなムスクの香りがイゾベルに届いた。清潔な男の香りは彼女の心をかき乱した。

車内に突然広がった緊張感を破るために、イゾベルは何か言いたかった。顔には出さないけれど、パトリックは怒っている。彼女は確信した。でも、この人が状況判断を誤ったのは、私の責任じゃないわ。私はただ彼の真意を知りたかっただけだもの。

この人は私に関心を持っているのではないかという疑念が、また彼女の意識に入り込んできた。シャノン・ホールディングスが店舗のひとつを空けたがっていることに、今夜のことが関係しているなら、要求に応じる人はほかにいたはず。もっと年上の、気の弱い店子《たなこ》もいるのだから。

いずれにしても問題が起こることになれば、リチャードが警告したはずだわ。会社の代弁者だもの。パトリック・ライカーは意識して私を選んだ。それをどう解釈すればいいの？

車の速度が落ちる。イゾベルは家に着いたことに初めて気づいた。門が二、三メートル先に見えている。夜は終わったのだ。

イゾベルは礼を言おうとして向き直り、パトリックの奇妙な表情を見て驚いた。その顔にはいらだちと不満が半々に浮かんでいる。

その表情は、彼が自分に魅力を感じているという幻想を吹き飛ばした。イゾベルは深く息を吸った。せめて食事の礼ぐらいは言わねばならない。「ごちそうさま。送ってくださってありがとう」

「こちらこそ」

「あの、コーヒーでもいかが？」自分がそう勧めている声を聞いて、イゾベルは仰天した。なんて無謀なことを！　この人の魅力のとりこにならないよう、厳しく自分を戒めたばかりなのに。彼を家に入れたくない。この人の面影を店以外では見たくない。

「いや、けっこう」パトリックは即座に断った。イゾベルは侮辱を感じるべきか、ほっとすべきかわからなかった。「明日は早起きしなきゃならないからホテルに帰る」パトリックは言葉を切り、次に身を乗り出して彼女の唇の端に軽くキスした。「今度このあたりに来たら、電話をしてもいいかい？」

6

飛行機が着いたときは十一時を回っていた。定刻を過ぎてニューヨークを出発した便は、途中でいくらか時間を取り戻したものの、それでも四十分ほど遅れてヒースロー空港に到着したのだった。

到着ロビーに入ると、ジョーが柵《さく》のそばで待っていた。雇主の姿を見るや片手を上げて挨拶《あいさつ》し、荷物カートを押そうと柵の端を回ってきた。

「旅行はどうでしたか？」

「まああだ。車はどこにある？」

ベントレーは道路の縁石に停車していた。ジョーはスーツケースをトランクに入れてから運転席についた。パトリックは助手席に座っていたが、仕事のことを考える気になれないほど疲れていた。

深夜なのに、空港周辺の道路は混雑している。だがジョーは地元の地理に対する知識を駆使して狭いハマースミス立体交差路を避け、間もなく無事に四号高速道路に乗った。高速道路を下りて二十分足らずのうちに、二人はセントラル・ロンドンにあるパトリックの自宅に着いた。

「ありがとう」

パトリックは降り際に、ジョーの肩を軽くたたいた。すると彼はいつものくつろいだ笑顔を向けた。「朝は何時に来ましょうか？　ミセス・グレゴリーがお待ちかねですが、会社に行かれるでしょう」

「ミセス・グレゴリーは待たせておけばいい」フライトバッグと革製のスーツ携帯ケースを取り上げて言い放つ。出張の前にはジリアンと会う機会をいっさい避けた。急いで会うつもりはない。「じゃ、朝いつもの時間に」

眠れないことを覚悟していたのだが、翌朝七時半に電話が鳴ったとき、パトリックはいびきをかいていた。時差ぼけの眠気を振り払って電話を取る。姉からだと知り、彼はひどく不愉快な気分になった。「今、何時だと思っているんだ、ジル？　イギリス時間に慣れるまで待ってくれよ」

「昨夜《ゆうべ》はもう帰っていたじゃないの」ジルは弟の口調に腹を立てて言い返した。「電話を待っていたのに。私の伝言は聞いたはずよ。マザンブが空港に迎えに行くと言ったんだから」

「飛行機が遅れたんだ。夜中に電話してほしくないだろう？」

「それもそうね。でも、私たちに会いに来るでしょう？　あなたが何週間もケリーモアに来ないって、お母さんが言っているわよ」

「オックスフォードには行かないかもしれない。一週間以上も出張したから仕事がたまって……」

「彼、まだあの女に会っているのよ！」

ジリアンが声をひそめてささえぎる。その言葉はパトリックの眠気を吹き飛ばした。「誰だって？　リチャードが？」

「決まってるじゃない！」抑えた声は、夫が家にいることを示している。「木曜日にまたコーチハウスとかいうパブで、あの女と夜を過ごしたのよ」

パトリックは腹部を一撃されたような気がした。「コーチハウスで夜を過ごしたんだって？　どうしてわかるんだ？　私立探偵に尾行させたのか？」

「違うわ。ポケットに領収書があったのよ。コーチハウス、スウォールフォードって。ねえ、パット。なんとかしてよ。気が変になりそうだから」

「ジル。そのことはもうよく調べたじゃないか。僕自身が義兄《にい》さんを問いつめる以外、できることはあまりないよ」

「じゃ、あの女を追い出せないの？　私が頼んでも？」彼女はすすり泣きに息を詰まらせた。「私が頼れるのは、あなたしかないのよ」

　パトリックはうめいた。「ジル……」

「出張の前に彼女と話をすると言ったじゃない」ジリアンは涙声で言った。「あなたが私の電話を避ける理由はわかっているのよ。後ろめたいからだわ」

「後ろめたい？」

「あの女と話していないからよ。でも出張から帰った以上、私のためにひと仕事してくれる時間は作れるでしょうね」

「どうしろというんだ？」

「だからあの女を追い出すのよ。うちの人と別れさせるためなら、どんなことでもして。必要とあればお金をやってもいいわ。リチャードの魅力は、取締役という地位にもあるでしょうから」

　でも、イゾベルはそのことを知らない。また、金を提供したら、彼女がどんな反応をするかは想像がつく。リチャードともう不倫をしているなら、どう勧告しようと耳を貸さないだろう。僕が夕食に招待した動機を、すでに疑っているのだから。しかも、僕には関係のない問題じゃないか。ジリアンがそれを押しつけるのは筋違いだ。

「僕に任せておけばいい」不本意ながら、自分にも関係があることに気づいて、パトリックはつぶやいた。どんなに認めまいとしても、イゾベルに強く心を惹《ひ》かれているのを悟ったのだ。同じ誘惑を感じているのだから、どうしてリチャードをさげすむことができるだろうか。

だが僕は独身だ。結婚していれば、イゾベル・ヘリオットの名を聞くたびに、こんなにどきっとしないかもしれない。この電話が終わったらすぐジョアンナに電話しよう。彼女との一夜は、間もなくイゾベルに会うのが原因らしい興奮を静めるだろう。

「お願いね」ジリアンは熱心に言った。我を通した今は、涙声ではなかった。「ホーシャムの帰りにここに来ない？　ケリーモアに泊まるといいわ。お母さんはあなたの部屋をいつも整えているのよ」

「連絡するよ。母さんによろしく」

「そう伝えるわ。じゃ、また」

「ああ、それじゃ」パトリックは熱のない口調で応じて電話を切った。


翌日の午後、パトリックは小型のポルシェを駆ってホーシャムに向かっていた。

「暴漢に襲われたら、どうするんです？」パトリックが自分で運転すると聞くと、ジョーは猛反対した。「この前の事件で、一人では出かけないと約束したじゃないですか！」

「ジョー、コンラッド・マーティンは刑務所にいるんだ。それに、あいつは自分の権利を守ろうとしただけだよ。キャンプしていた土地が売られたことを州議会から知らされていなかったからな」

「それでも……」

「僕はまったくの能なしじゃないんだ。世話人はいらないよ。とにかく今日は必要ない」

ジョーはやむなく折れたが、不服そうだった。パトリックはそれをとがめようとは思わなかった。コンラッド・マーティンに猟銃で脅されて以来、身の安全にもっと気を配る必要が確かにあったのだ。

馬力のある小型のスポーツカーはロンドンからウォーリックシャーまで一気に進んだ。パトリックはバックミラーを絶えず見ながら、速度計が上昇するに任せた。自由を感じるのは楽しい。ときには自分で運転するのもいいものだ。

よくないのは、イゾベルに再会することを考えると、激しい興奮を感じることだ。昨夜パトリックはジョアンナと夕食をして、そのあと彼女のアパートに行った。イゾベルを忘れるためだ。だが、ジョアンナとベッドには入らなかった。

拒絶されたのではない。それどころか、彼女は期待していた。真相は、ジョアンナが彼の首を抱いてキスを待ち受けたとき、彼は生まれて初めて男性の役割を果たせそうにないのを悟ったのだった。

そのときパトリックが感じた屈辱は果てしなかった。これまではなんの苦労もなく女性を満足させてきたのだ。

ジョアンナがその秘密に気づかなかったのは幸いだ。さよならを言う口調が硬かったのは、自分に代わる女を彼が見つけたのではないかと疑ったせいらしかった。ほかに女はいない。パトリックは自分に強く言い聞かせ、ジョアンナが体をすりよせたとき、目の前にイゾベルの顔がひらめいたことを認めまいとした。一時的なつまずきは、時差の影響による疲労のせいだ。決してイゾベルの柔らかい唇の味を思い出したからではない。

嘘《うそ》をつけ！　イゾベルのことを考えるだけで、僕の下で身をよじらせる彼女の幻影が視野に広がるというのに。彼女がほしい。僕のものにするまでは一瞬の心の平和もない。パトリックはそう思いながら、アクセルを強く踏みたい衝動を抑えた。

ホーシャムのはずれに着くまでに、彼はまた自分をしっかり制御していた。車を指示された場所に止めて駐車料金を払い、受け取った切符をフロントガラスに留めつける。大通りに来ると、道路の反対側を工芸品店に十メートルほど近づいた。そこなら怪しまれずに店を眺めることができる。

〝本日休業〟！

道路を横断するとすぐ、パトリックはその掲示を見た。近ごろはどの店も保安上の理由でブラインドを引き上げない。しかも、午後のまぶしい日光のせいで、店内の明かりが消えているのが見えなかったのだ。今はカプリースが施錠されているのがはっきりわかった。

パトリックは吐息をついて腕時計を見た。四時十五分前。昼食には遅すぎるが、午後の休憩にはそれほど遅くない。だが、イゾベルは店を閉めてまで休憩するだろうか。今日はアシスタントの店員がいなくて、そうするしかなかったのかもしれない。でも、これまでに知ったかぎりでは、彼女は客を無視するには良心的すぎる。

ただひとつ確かなのは、半日の閉店ではないことだ。ドアにピンで留められた営業時間の案内によると、店は日曜日を除き、毎日朝九時から夜六時まで開いている。となると、今日は店を閉めなければならないことが起こったに違いない。

リチャードと旅行に出かけたのだろうか。

その思いは、苦労してかち取った自制心をぐらつかせた。パトリックはリチャードの首を絞めてやりたくなり、手を握り締めた。義兄はセックスために家庭を危うくするほど向こう見ずなのだろうか。リチャードがイゾベルを愛しているとは信じがたい。愛するのは自分自身だけなのだ。

彼は深く息を吸ってリラックスしようと努めた。僕は結論を急ぎすぎる。店が閉まっているというだけでリックを責める理由にはならない。イゾベルはきっと休暇を取ったのだ。それとも病気では！

駐車したところに戻りながら、イゾベルの自宅を訪ねようかと思案していると、誰かが声をかけてきた。

「こんにちは」

クリスだった。イゾベルの住所を教えてくれた店員だ。笑っているところから判断すると、悪いことが起こったのではないらしい。パトリックはポケットに手を突っ込んだ。謎《なぞ》を解く方法はただひとつだった。

「今日は仕事じゃないのか？」

「イッシーが二、三日店を閉めているのよ。週末にお母さんが転んで足首を骨折したので、歩けるようになるまで世話をしなきゃならなくて」

「そうだったのか」

パトリックは喜ぶべきか悲しむべきかわからなかった。最悪の懸念が当たらなかったことはもちろん嬉《うれ》しい。だが両親の家にいるイゾベルに会いに行くわけにはいかない。妥当な理由もなしに。

「彼女に会いに来たの？」

彼は肯定することで得る利益と、クリスの好奇心をかき立てることで被る不利益とを比較検討し、あいまいに答えた。「まあね。両親の家に泊まっているんだろうな。仕事にはいつ戻るかわかるかい？」

「昼間、向こうにいるだけよ。お父さんが患者の手術を終えれば、彼女は帰ってくるの。自宅に戻るのは七時ごろよ」

パトリックは頭を下げた。「わかった。ありがとう」それじゃ、イゾベルの父親は医師だったのか。新発見だ。彼女を手伝っている店員からいろいろきき出すことについては、いくぶんやましさを感じるが、僕もクリスに劣らず好奇心が強いんだ。少なくとも、彼女の雇主に関しては。

「ホーシャムに滞在していらっしゃるの？」

協力したことに対して、ある程度の見返りをクリスが期待しているのは明らかだ。でも相手かまわず自分のことを打ち明ける癖は、僕にはない。「教えてくれてありがとう」パトリックは二歩下がって片手を上げた。「さよなら」

数分後、パトリックは車の中に座って、クリスが話したことをよく考えた。どうやら無駄足を踏んだらしい。イゾベルが七時に戻るのを待っていたら、ケリーモアに着くのは九時過ぎになる。ホーシャムに発《た》つ前に母に電話して、一緒に夕食をすると約束したのだ。利己的な理由で遅れるわけではないにしても、母をがっかりさせるのは間違っている。

そもそも母に電話した理由は、それほど親孝行な気持からではない。確実にホーシャムを去ることができるように、わざと予定を作ったのだ。イゾベルが引き止めるだろうとうぬぼれたのではない。僕自身が信頼できないからだ。

パトリックは顔をしかめた。こんな思いをするのもみんな、あの女のせいなのだ。リチャードは今、僕の手の及ばないオランダにいて幸いだった。今朝一週間の予定で出張したのだ。リチャードはぶつくさ文句を言ったが行くしかなかった。そのとき僕はいわれのない恥ずかしさを感じたものだ。

それも過去のことだ。僕は今ここで、イゾベルが戻るまでの少なくとも三時間を持てあましている。八時までにオックスフォードに行くことを約束したからには、選択の余地はない。ここには明日戻ってこよう。母をがっかりさせることはできない。そんなことをするのは筋違いだ……。

7

家に戻ったとき、イゾベルがむっとしていたのは無理もないことだった。一日じゅう母の不平不満につき合っていたのに、父は六時半まで帰らなかったうえ、時間を浪費したと娘をとがめたのだ。おまえの母さんはどうしようもない女だと言い、次に母に向かって続けた。「おまえが不安定な椅子にのってけがをしたのは自分が悪いのだ。それを私やイゾベルのせいにして責めるのはやめなさい」

その言葉が、近ごろでは頻繁になっていた夫婦げんかをまた引き起こしたのは言うまでもない。争いはしても、二人が傷つかないことをイゾベルは疑わなかったが、自分もそうだという確信はなかった。口論が下火になると、両親はいつものように怒りの矛先を娘に向けた。おまえは結婚していれば商売をする時間がないはずだ。そうすれば忙しい時期に店を閉めてくれとは頼まなかった。そう口をそろえて攻撃するのだった。

イゾベルは自分も文句を言いたくなる前に両親の家を出た。夫婦げんかに私を巻き込むのは見当違いだわ。お母さんはギプスをした脚で徐々に歩けるようになったけれど、最初の二、三日、私は大変な苦労をしたのよ。それに、私が来なければ誰が食事を作るの？　スーパーマーケットで出来合いの惣菜《そうざい》を買ってしのいでいたのだが、けがをして以来それも不可能になっていた。そう言いたかった。母はもともと家庭的な人ではない。

そんなわけで、路地に入って誰かの車が自宅の門の前をふさいでいるのを見たとき、イゾベルは大目に見る気分ではなかった。昼食時に止まっている車の列を避けながら進むだけでも不愉快なのに、七時を過ぎている。みんな家に帰っていいころだ。

小さなプジョーをその車の前にできるだけ近づけて止めたとき、中に男がいるのが見えた。車高の低いポルシェで、窓ガラスに薄く色がついているから、それまで中にいる男に気がつかなかったのだ。リチャードではない。彼が車を替えたならともかく。

じゃ、誰が……？

疑問が心に浮かびかけたとき、ポルシェのドアが開いてパトリック・ライカーが降り立った。イゾベルは驚いた。何しに来たのかしら。もう来ないと思っていたのに。何しろこの前は、額面どおりに受け取れば魅力的な申し出をしたのに、隠れた意図を持っていると私に非難されたのだから。

パトリックが車のドアを閉めて大股に近寄ってくるのを、イゾベルはかたずをのんで見守った。スーツ姿でない彼を見るのは初めてだ。黒いニットシャツの襟から現れたたくましい首、しなやかな素材の黒いズボンがかたどる脚。それらに目を吸い寄せられて、彼女は不安になった。

　パトリックは今にも開いた窓に肘をつき、すぐ近くまで顔を寄せてきそうだ。イゾベルは慌てて窓を閉めてドアを開け、あたふたと外に出た。

「やあ」

「こんばんは」

「お母さんのことを聞いたよ。お大事に」パトリックが言う。イゾベルは車に鍵《かぎ》をかけながら、クリスをしかってやろうと決心した。私のことを相手かまわずうわさする権利など彼女にはない。

「ありがとう」彼女は車のキーをショルダーバッグに入れて答え、道を歩き始めた。「うちの店員と話したのね。どうやって情報をきき出すの？　うわさ話から？」

「どういう意味だ？」

「好きなように解釈して」イゾベルはそっけなく言い捨てると、門を開けて入り、扉を後ろ手に閉めようとした。だが、パトリックがすぐ後ろにいる。彼が入るのを妨げる方法はない。

「クリスとかいう女の子に大通りで会って、店を閉めている理由をきいたんだ。国家機密だとは知らなかった。そう掲示しておけばよかったのに」

　イゾベルは頭を下げて家の鍵を捜すふりをした。「国家機密じゃないわ。あなたがうちの店員に陰でこそこそ質問するのがいやなだけよ。なぜ情報を集める必要があるの？　お互いに、話すべきことは何週間も前に全部話したはずよ」

「何週間も前？　僕がこの前ホーシャムに来たのはそんな昔じゃない。それに、今夜ここに来た理由を話した覚えはないよ」

「だって店に行ったでしょう。私に連絡したければ電話ですむことじゃないの」

「そう、電話でもよかった。でも、たまたまこのあたりに来たので、君をちょっと訪ねようと思ったのかもしれない。あるいは君と親しく話したいと思ったのかもしれない。僕を中に入れて、真相を究明したらどうだい？」

イゾベルははっとした。「私……無理よ」

「なぜだ？」

「ほかに予定があるから」

「そうだろうとも。シャワーを浴びてグラス一杯のワインを飲み、一人で食事をする予定がね。だからカップ一杯のコーヒーもふるまってくれないのか？　僕が十日前に辞退したコーヒーを？」

「なぜ来たの、ミスター・ライカー？」

「僕の名はパトリックだ。なぜ来たかは、嘘《うそ》みたいだが、自分でもわからない。今夜は母と食事をするはずだった。それなのに突然、それをすっぽかしてでも君に会いたくなった」

「私を笑いものにするのね」

「違う！」

「そうよ」イゾベルは鍵をドアに差し込んだ。「お芝居はやめて。あなたのような男性が、いえ、あなたのような……地位の男性が魅力のない独身女を本気で相手にするものですか。からかって楽しんでいるのよ。でもそうするには、そのほかにも理由があることはわかっているわ」

「それは違う」

「何が違うの？」

「君が魅力のない独身女性だという点だよ。ほかにどう言えばいい？　とてもセクシーだと？　君に関心を持たれたら、どんな男も誇りに思うと？」

「何も言ってほしくないわ」からかわれていることをいよいよ確信して、イゾベルは叫んだ。「もう帰って。あなたにも、あなたの申し出にも関心はないわ。もちろん、あなたの嘘にもね！」

ドアが開くと、イゾベルは早く入ろうとするあまり、玄関の中につんのめりそうになった。だが、それでも遅かった。パトリックが敷居に足をのせている。その足をどけなければ、ドアは閉まらない。

「頭は正常かい？　僕はまったくの善意で来たんだよ。それを追い返すことしかできないのか？」

「足をどけてくださらない？　けんかをする気分じゃないの」

「君はまさにその気分だよ」パトリックはドアを押し開けて暗いホールに入った。「僕が飛びかかるのを恐れているようなふるまいはやめるんだ。自分を卑下する君の意見と完全に矛盾しているよ」

「よくもそんな……」

「ほかに意見があるのか？　いいかい、イゾベル。君を誘惑するもりなら、僕は自分の慣れた場所を選ぶよ。君が慣れた場所ではなく」

イゾベルは安堵《あんど》してほっと息をついた。次にパトリックの協力なしには、彼を退散させられないことを悟って肩を落とした。なぜこんなに気をもむの？　不満げに自問する。この人は女性に不自由するような人じゃないのよ。私が信頼できるかは別として。でも冷静さを保っていれば、この人が本当は何を求めているかすぐにわかるわ。

肩をそびやかすと、イゾベルは居間のドアを開けた。暗いホールにオレンジ色の光が差し込む。

「お茶は？」礼儀上尋ねてショルダーバッグを下ろし、彼女は狭いキッチンに入っていった。「ビールはごちそうできないわ。ワインしかないから」

「ワインでけっこうだ」ワインを勧めたわけではないのに、パトリックはそう答えた。イゾベルははらわたが煮えくり返るような思いで冷蔵庫からワインの瓶を取り出した。シャワーを浴びたあとで開けるのを楽しみにしていたのだ。アスパラガスのキッシュに添えるサラダももうボウルに作ってある。

居間に戻ると、パトリックは机のそばに立ち、中央にある兄夫婦と子供たちの写真を眺めていた。「君の子供じゃないだろうね」ワインを受け取って、姪《めい》や甥《おい》の写真を指さした。

イゾベルは自分の子供だと言って彼をどぎまぎさせてやりたかった。

「兄の子供よ」肘掛け椅子を勧めながらそっけなく言う。「こちらに座って、ミスター・ライカー。お楽にどうぞ」

「本当にそうしてほしいのか?」パトリックが尋ねる。イゾベルは急に頬が熱くなるのを感じた。本当はどうしてほしいのかしら、と考える。怒っていても、彼女はパトリックの魅力を意識していた。その魅力を無視することは、彼が近くにいないときほど容易ではなかった。

「本当は、出ていってほしいわ」そう言いながらもパトリックがチンツ張りの肘掛け椅子にかけるのを見ると、やはりほっとした。「店のことなら、気持は変わらないわ。変える気もないの」

「実は、ここに来たのは店のことを話し合うためじゃない。君にまた会いたかったからだ」

イゾベルは息をのんだ。「嘘でしょう?」

「もちろん本当だ。さしつかえがあるのか?」

「あなたの言うことなんか信じないわ」

「ほかに親しい男性がいるのか?」

「それは……」リチャードを恋人だと言おうかしら、とイゾベルは考えたが思い直した。リチャードはそうなりたがっているが、自分は特別な関心を持っていない。「それは、私の問題だから」

「じゃ、そういう人がいるんだな」パトリックの顔が急に厳しくなったのを、イゾベルは目の錯覚だろうと思った。彼が嫉妬《しっと》するとは考えられない。

イゾベルは彼に背を向けた。早く帰ってほしいという意思表示のために、わざとグラスをひとつしか持ってこなかったのが悔やまれる。彼女は自分の両手をほとほと持てあました。

「あなたに関係ないと思うわ」マントルピースの上にかかっている版画を眺めるふりをして答える。「無駄足を運ばせたのならごめんなさい。話はそれだけなら……」

「まだある」温かい息が首筋にかかり、イゾベルはぎょっとした。振り向くとパトリックがすぐ後ろにいる。「その男のことをぜひ聞きたい。真剣なつき合いなのか?」

　イゾベルは自分を励まして彼の目を正視した。この人の関心の芽を今のうちに摘み取らなければ。彼と恋愛関係を持ちたいとは思わない。まして刺激を求めているだけの男性とは。

「真剣よ」イゾベルは実際にそう言うつもりもなく答えた。パトリックがあまり近くにいるので目の周囲に細かいしわが縦横に走っているのが見える。その目は彼女の心をかき乱すほど魅力的だった。

「そうかな？　名前を教えてくれないか。ひょっとすると、知人かもしれないから」

「あなたの？　それはないと思うわ。だって、あなたとは住む世界が違う人だから」

　パトリックはグラスをマントルピースに置いた。「どう違うんだ？　僕のことは何も知らないじゃないか。こっそり調べたのではないかぎり」

「あなたは運転手を雇っているし、ロールスロイスに乗っているじゃないの」

「ベントレーだよ」

「リチャードはボクソールを運転しているわ」いけない！　名前は出さないつもりだったのに。「普通の営業マンだから」

「営業マンだって？　彼がそう言ったのか？」

「そうよ。リチャードが嘘をついたとでも？」

「いや」パトリックは不自然なほど素早く打ち消した。「長くつき合っているのか？」

「十分にね。これ以上答えないわ。もう帰って」

パトリックの目つきが暗くなった。「今夜も会うのか？」

「ええ！」イゾベルは嘘をつく必要を感じている自分に腹を立てた。なんの関係もない男性なのに。

「信じられないね」

ほっと体の緊張を解いたことから、パトリックが実際に信じていないのがわかった。

「本当なのよ」イゾベルは言い張ったが、彼は唇をゆがめて笑っただけだった。

「わかったよ」パトリックは片手を上げて彼女のうなじに当てた。「本当に僕を追い出したいのか？」

一瞬、イゾベルはいいえと言いたくなった。だが常識と、この男性に対する自分の弱さを遅まきながら認識したことが急を救った。「そうよ。がっかりさせて悪いけれど、こういうことはしないの」硬い声で言い、彼女は後ずさりして彼の手をはずそうとした。「あなたに関心はないの。きっと信じられないでしょうけど」

「その男のためか？」

「答えないわ。もう帰って」

「まあ、君はセックスに否定的ではないんだな。そのリチャードという男と不倫をしているんだから」

「よくそんなことを言うわね。私とリチャードの関係など、何も知らないくせに」

「でも関係は持っている。そう言ったね」

「帰ってほしいとも言ったのよ。自分の立場を利用する権利は、あなたにはないわ」

「どんな立場だろうね」パトリックは親指で彼女の喉をなでながら言った。「君はとても敏感な女性だよ。リチャードはそう言わなかったかい?」

「リチャードのことは言わないで」

「いいよ。君も言わないなら」パトリックは静かに言い、頭を下げて唇を重ねた。

8

僕は危険なゲームをしている。

自分の唇の下で、イゾベルの唇が震えているのを感じた瞬間、パトリックは悟った。厄介な事態にならないうちに帰ってほしい。イゾベルが本心からそう願っているのは知っていたが、彼はいつの間にか理性に従う能力を失っていた。彼女の新鮮な唇はワインよりも強く心を酔わせた。その一方パトリックは、彼女がいやがっているのを感じた。イゾベルは必死に唇を閉じ、こぶしで彼の胸を押し返していた。

だが、パトリックは腕をゆるめなかった。イゾベルが唇を開き、持てるかぎりの情熱を傾けてキスを返すことを、彼は願った。

「ねえ、ベル。逆らうのをやめるんだ。本心じゃないことは、わかっているよ」

イゾベルはむっとした顔をした。だが答えようとして口を開くほど愚かではなかった。

彼女を放せ！

血潮のざわめきを圧して、良心の声が頭の中に響いた。パトリックはその声を押し返した。危害を加えるわけじゃあるまいし。リチャードが彼女のどこに魅力を感じたかを知りたいだけだ。

といっても、それはもうわかっている。この女性の理知的な顔とほっそりした姿の美しさだけではなく、女を強く感じさせるものがある。それが抗しがたい魅力になっているのだ。

パトリックはイゾベルの髪に両手を差し入れた。豊かな髪の房が指に巻きつくのを感じたとき、激しい衝動に駆られて彼女の顔を熱いキスで覆った。

イゾベルの抵抗は徐々に、だが確実に弱まった。彼女はゆっくり目を閉じてかすかに身を震わせると、彼にもたれかかって温かい胸を押しつけた。

パトリックは自分の内部がこれまでにないほど素早く反応するのを感じた。かき立てられた欲望は苦痛に近くなった。正常な判断力を失わないでいるのが精いっぱいだった。

彼女の唇が合わさった線を舌でたどる。すると、固く引き結ばれていた唇がゆるんでわずかに震えた。

それから唇が開いた。ため息に自分の燃える欲望をあおられたとき、パトリックは舌を滑り込ませた。

その瞬間、すべての抑制は消え去った。これまでの経験を忘れさせる官能に全存在をのみ込まれながら、パトリックは両腕に彼女を包み込んだ。

イゾベルは抵抗しなかった。それどころか、キスがいっそう情熱的になるにつれて、応《こた》えようとする自分と闘っているのを、パトリックは感じた。

彼はほとんど意識せずに片手をイゾベルのシャツの襟に滑り込ませた。ボタンが四、五個はずされると、イゾベルは息をのんだ。

「君は美しい」パトリックはかすれた声でささやき、これまで何度も口にした言葉が、今度は本心から出ているのに気づいた。彼は生まれて初めて、官能に支配されていた。

「パトリック……」

その声は、拒絶でもあり抗議でもあった。彼が呼び覚ました欲望に屈服していたが、イゾベルはわずかしか知らない男に自分をゆだねることをまだためらっていた。

「いいだろう?」実際には、質問ではなかった。パトリックはすでに頭を下げて、彼女の胸を愛撫《あいぶ》していた。

イゾベルは彼の肩に爪を立てて、切れ切れに言った。「こんなこと、こんなことって」意外な反応の仕方は、こういう経験が初めてなのを語っているように見えた。

どうやらリチャードは、自負しているほどの恋愛の達人ではなさそうだ。パトリックは内心で義兄をあざけった。だが、その考えはすぐ目の前の欲求の中に消えた。彼は残りのボタンをはずした。

イゾベルがショックを受けている様子が目の奥に見えた。冷たい空気が熱い体に触れたとき、彼女は身を引き離して背を向けた。

「お願い、帰って」

ふざけるな。

僕はそう言ったのだろうか。そう思っただけだろうか。答えがないから、あとのほうらしい。パトリックは衝撃から立ち直ると、イゾベルの背中に近寄ってウエストを抱き、うなじに唇を寄せた。

「本気で言ってるんじゃないだろうね」

「本気よ」

「いや、違う」身を震わせて後ろ向きにもたれかかった彼女の耳にささやく。「そうだろう？」

イゾベルはつばをのみ下した。「私……ええ、そうよ！」向き直って、パトリックの首を抱いた。

イゾベルはもう口づけにいやいや応じているのではなかった。彼と同じくらい熱心に、自分の欲求を満たそうとしていた。

わずかに残っていた理性が警告を発していたが、パトリックはすでに自分を止められなかった。イゾベルの顔を両手にはさみ、親指を柔らかい唇にはわせて、突然くぐもった声で言った。「二階に行こう」

イゾベルは何も言わずに彼を居間の外に導いた。

それからどのくらいの時間が流れたか、パトリックにはわからなかった。一時間か、あるいは三十分かもしれない。彼はあおむけに横たわり、イゾベルの寝室の天井を見つめていた。生まれて初めて知ったような甘美な愛の交歓を体験したばかりなのに、心はひどく乱れていた。

ちくしょう！

無言ののしり言葉は強烈だった。だが後悔の念を打ち消すほどではなかった。加えて、自分の未熟なふるまいに対する怒りと苦い挫折《ざせつ》感があった。

どうしてこんなことに？

理由はわかっている。罪の意識にさいなまれる今も、イゾベルのことを考えただけで体が燃える。彼女のそばに横たわっていること、彼女が疲れ果てて眠っているのは自分のせいだと知っていること。それらはすべて、強い媚薬《びやく》のように作用する。

イゾベルの姿は見なくてもわかる。一糸まとわぬ奔放な姿でうつぶせに寝ているのだ。でも、目覚めたときも奔放かどうかはわからない。

イゾベルが目覚めたときに何が起こるかを、パトリックは考えたくなかった。今のうちに立ち去りたい気もした。だが、なんの説明もなしに去るのは卑怯《ひきょう》だ。といっても、どう説明すれば彼女は納得するだろう。真相は、説明などなかった。恐ろしい誤解があっただけだ。僕は義兄の恋人と愛を交わした。そして知ったのは、彼女がリチャードの愛人でなかったことだった。

パトリックはしばらく目を閉じ、それからまた天井を見つめた。少しでこぼこした天井は開いた窓に向かって傾斜し、一対のアルコーブを作り出している。美しい花模様のカーテンが微風に揺れていた。

愛らしい部屋だ。客観的になろうと努めながら、彼は考えた。ベッドは四柱式だった。上掛けは手縫いのキルトで、桃色と緑の華やかな色彩はカーテンの色と調和している。クリーム色のカーペットが女性の部屋だということをいっそう感じさせる。

イゾベルが身動きした。パトリックは思わずそちらを振り返った。だが彼女は枕《まくら》にもっと深く顔をうずめて片腕に頭をのせただけだった。そのとき、先端がばら色に染まった乳房の片方が現れた。

パトリックの体はうずいた。彼女に触れたい衝動は耐えがたいほど強かった。

彼は無理に顔をそむけた。下半身のうずきは身体的な苦痛になっていたが、あえて無視した。起こった出来事を冷静に考える必要がある。母にも電話をしなければならない。夕食に遅れそうだ。

パトリックは陳腐なことを考えた自分に驚いた。夕食に遅れようと遅れまいと、どうでもいいじゃないか。もちろん母をがっかりさせるのは残念だ。心配させないよう、どこにいるかを知らせる義務はある。でも何をしているか話すことはできない。ジリアンにも。彼女には特に。

そのくせ、イゾベルを二階に誘ったとき、パトリックは自分のしていることとの結果を十分承知しているつもりだった。そうするのが賢明だろうかという迷いはあった。だが、そのときの彼にとって、イゾベルは義兄の浮気相手で、姉を悲しませていることを少しも自覚していない女でしかなかった。

記憶がよみがえるにつれて、パトリックは目を閉じた。イゾベルの服を脱がせたこと。自分の着ているものを脱がせるように彼女を促したこと。ゆったりしたシャツとだぶだぶのスカートが秘めていたものは、すばらしい体だった。彼が予想していたように、すらりとしている。胸は、彼がもう見ていたように、豊かだった。あの醜いブーツを脱ぐと、現れたのは長く形のいい脚だった。

考えてみれば、イゾベルは不安そうだった。僕は欲望に激しくとらわれていたから前もって気づかなかったのだろうか。気づいていたら、自分を押しとどめただろうか。どのみち愛を交わしただろうか。僕の渇きを満たせるのは、この女性だけと知って?

どれが真実にしても、彼女は僕を止めようとしなかった。しょせん、僕はただの人間なのだ。それにイゾベルはとても情熱的だった……。

パトリックは彼女を満たしたときのくらくらする思いをはっきり覚えていた。イゾベルは緊張して、少し不安そうだった。だが彼が事実を知ったとき、二人はもうひとつになっていた。

男性を経験していなかったのか！

パトリックは息をのんだ。そのときはもう遅かった。彼女の動きは彼の動作と完全に一致して、彼を崖《がけ》っぷちの先に追いやった。引き下がろうと思う前に、パトリックは果てていた。彼は今も体が震えるような絶頂感の余波を感じていた。

イゾベルは僕をとがめも責めもしなかったが、不満足な経験だったに違いない。それなのに僕は利己的な動物のように眠ってしまった。償いをするには遅すぎるときになって目を覚ましたのだ。

パトリックはうめき声を抑えた。出ていかなければならない。ここにいても、僕はなんの役にも立たない。

だが、パトリックはそこにいて窓の外の空が青から金色に変わるのを眺めていた。今の季節では、ずっと遅くならないと完全には暗くならない。きっと九時ごろだろうと思いながら、確かめるためにベッドサイドの明かりをつけた。

彼の動作と突然の光に眠りを破られ、イゾベルは目を開けた。戸惑ってパトリックを見ていたが、遅まきながら何も着ていないことに気づいた。

た。

まあ！

彼女の恥じらいは愛らしかった。自分のふるまいに嫌悪を感じていたのに、パトリックは思わずイゾベルに向き直り、彼女がしわくちゃのシーツを体に引き寄せるのを妨げていた。

「やあ。お寝坊さん！」

「あなたは眠らなかったの？　私……きっと思ったより疲れていたのね」

パトリックは自責の念を静めるために何か言わなければならないことを意識して、吐息をついた。「すまなかった」

「いいの。気にしないで」

「気にするよ。なぜこんなことをしたのか、自分でもわからない」

「私が止めるべきだったのよ。それを止めなかっただけ……」

「それ以上言わないでほしい。もっとつらくなるから」パトリックは静かに言った。するとイゾベルは眉をひそめた。

「どうして？　さっきのことが苦痛だったの？」

「そうじゃない。忘れがたいほどすばらしかった。ただ君には期待はずれだったことだけが残念だ」

「期待はずれじゃないわ。男性を経験するのはどんなものかしら、と何度も考えたものよ。

あなたと体験できてよかったわ」

「でも、君には……あっけなかっただろう。いつもはこんなに自己本位じゃないんだ。だって君が……いや僕が夢中になっていたせいだ」

イゾベルははにかんで笑った。「私も夢中だったのよ。だって、いつもこんなことをしないから」

「わかっている」また首をもたげている罪悪感から出た言葉だった。「でも、君は美しかった。本当だよ。もう手放したくない」

本心だが、言ってはならないことだった。イゾベルがパトリックのほうに身を寄せてきたのだ。豊かな乳房が胸をなぶったとき、パトリックの体は即座に反応した。

「ベル」

「私をそう呼んだのは、あなただけよ。いつもはイッシーって呼ばれているの。ときにはエラともね。でもベルと呼ばれたのは初めて」

「ベル……」

その名をまた呼んだ理由は、彼女があまりにも魅力的だったからと言うほかない。良心は過ちを繰り返さないよう訴えていたが、狡猾《こうかつ》な声が、彼女にも歓《よろこ》びを与えるべきだと促していた。

パトリックは両手を彼女の温かい体に沿って滑らせた。その指の下で、イゾベルはとろけていった。

今度は、パトリックは急がなかった。全神経は甘美な官能の爆発を求めていたが、彼が自分を失望させないことを信頼して、イゾベルがしがみつくのを見守りながら、彼女と歩調を合わせた。

パトリックは失望させなかった。イゾベルが絶頂感で体を震わせた直後、かすれた叫び声をあげて自分を解放した。その瞬間、彼の心には罪悪感も良心もなかった。あるのは、この女性とは運命で結ばれているという思いだけだった。

9

どういう経過であんなことになったのかしら。

イゾベルはその愚問を退けた。どういう経過かは百も承知している。わからないのは〝なぜ〟だ。その答えを見つけるのは、はるかに難しい。

イゾベルはため息をついた。

では、事実はどうなのか。私はほとんど知らない男性に身を任せた。それもだまされやすい女を誘惑する常習犯らしい男に。今それを後悔したとしても、自分を責めるしかない。

イゾベルは奥歯をかみしめた。

私は二十八年間守ってきた純潔を、未知の人も同然な男に与えたことを悔やんでいるのかしら。

そうだとは断言できない。

正確に言えば、イゾベルはショックでまだぼうっとしていたのだった。これまで男性と接した経験では――豊富とは言えないが――自分がこんな立場になることは考えられなかった。恋愛物語を聞いたり読んだりした結果、彼女はセックスやそれが暗示する意味に対してかすかな軽蔑《けいべつ》を感じていた。四、五人の男がその認識を変えようとしたが、彼らの熱い息や物欲しげな手は、すぐ彼女を萎縮《いしゅく》させた。

それを変えたのがパトリック・ライカーだ。

彼がイゾベルに触れ、独占するようにキスした瞬間から、彼女は深みにはまっていた。これまで存在することも知らなかった感情に支配され、引き返すどころか、ほとんど無抵抗で彼に屈服した。理性を保つのではなく失ったのだ。おまけに、それ以上のものを。

困ったことに、パトリックの連絡先さえわからない。彼は来たときと同様、唐突に去った。そうする理由も説明しなかった。イゾベルにしてみれば、二度と会えないかもしれないのだった。

パトリックは、連絡するとは言った。ベルトを締めてシャツの裾《すそ》をズボンに押し込みながら、電話をすると約束した。イゾベルはその言葉を信じた。愛の余韻に浸っているときだったから、何を言われても信じたに違いない。この出来事のあまり愉快でない側面が見えてきたのは、八時間少したった今になってからだった。イゾベルは自分がどれほど無謀だったかに気づき始めた。

妊娠するかもしれない！

そう思ったとき、息が喉に詰まった。パトリックはなんの防備もしなかった。私にはこれまでその必要はなかった。今、この体は彼の子供を養っているかもしれない。私は未婚の母になるのかしら。正直に言えば、これまでは関心を持つこともなかった哀れな女性たちの一人になるのだろうか。

朝食のカウンターから立ち上がりながら、イゾベルはキッチンの時計を見てうめいた。母を病院に連れていく約束なのに、間に合いそうもない。今日も店を閉めていてよかったと思いながら、閉めた理由を忘れていたのだ。それに母と言い争う気分ではまったくない。何が起こったかをミセス・ヘリオットが察するのではないかと半ば恐れているときには。昨夜の出来事は顔にありありと表れているに違いない、とイゾベルは確信していた。

意を決して携帯電話を取り出した。

少なくとも十二回は信号音が鳴ってから、母が答えた。「もしもし」

「お母さん？」

「イゾベル？」不機嫌な声が聞こえる。「どこにいるの？」

「家よ。ごめんなさい。今朝はストラットフォードに連れていってあげられないわ」

「あら、だめなの？」

母親の口調は狼狽《ろうばい》していた。イゾベルは自責の念を押しつぶした。「私……気分が悪くて」

「昨日は元気だったのに、どうしたの？　お父さんに往診に行ってもらいましょうか？」

「いやよ！」とんでもないことだ。「その必要はないわ。ただ、ひどい頭痛がするの。昨夜《ゆうべ》あまり眠れなくて」

「あら、そう？」母親の声はそれほど心配そうではなくなった。「お薬はのんだの？」

「これからのむわ。でも、まだ服も着ていないのよ。病院には十時半までに行かなきゃならないんでしょう？」

「そうよ」母親が腕時計をのぞいている様子が、イゾベルには見えるような気がした。

「じゃ、どうしようかしら。私は運転できないし」

「お父さんに頼めない？」

「お父さんは手術の予定があるのよ。あなたも知っているでしょう」

「そうだった？」お父さんは夕方の手術を担当しているはずだけど。「じゃ、タクシーを使えば？」

「タクシー代がいくらかかると思うの？」

「いいわ。私が払うから」

「そんなことをさせられますか。それに問題はお金じゃないわ。不便だからいやなの。私の乗った車の運転手がたばこを吸う人だったらどうするの？」

「じゃ、行くわ」イゾベルはこんな話を続けることが耐えられなくなった。「二十分だけ待って」

「本当に大丈夫？」

「ええ、大丈夫よ」母親の口先だけのいたわりにうんざりして、イゾベルは少しぶっきらぼうに言って電話を切った。

髪をいつもの編み込みにしていると、誰かがドアをノックした。イゾベルはため息をついた。外出の支度をするか、静かな夜を楽しもうとするときにかぎって人が来るのは、どういうわけ？

イゾベルははっとした。

パトリック！　ホーシャムのホテルで夜を過ごして戻ってきたのかしら。もしそうなら、彼の仕打ちをあんなに非難した罰が当たったのよ。また今夜会いたいと言われたら、どうしよう。

イゾベルの心臓は早鐘を打った。来訪者の正体を知る方法はただひとつ。でも手早くしないと。母を病院の予約に間に合うよう連れていくには、今でさえスピード違反を犯す必要があるのだから。

戸口に立っていたのは、リチャードだった。

一瞬、イゾベルはあまりにがっかりしたので言葉が出なかった。するとリチャードは色白の顔をいつものように赤く染めて、陰鬱《いんうつ》な表情をした。

イゾベルは仕方なく挨拶《あいさつ》したあと、長いワンピースのボタンが全部かかっていることを無意識に確認しながら言った。「ここで何をしているの?」

「こっちがそうききたいよ」リチャードはかすかに怒気を含んだ声で言い返した。「店に行かなくていいのか? もう九時半だよ」

「あら、そう? それじゃ、一時間以内にストラットフォードに行かなきゃ。何か用なの、リチャード? どんな用事にしても、手短にお願いするわ」

彼はいらだった顔をしたが、すぐ冷静な表情に戻った。「僕が力になれそうだ」彼は質問に答えずに言った。「君がちょっとしたパニック状態にあるのは一目瞭然《りょうぜん》だ。それに時間を気にしながら運転するのはよくない。僕がストラットフォードまで送ろう。そうしてほしければ、ここに連れ帰ってあげる。そうすれば、君はリラックスできるはずだ」

「いいえ……」

「ぜひ、そうさせてほしい」

「あなたには事情がわからないのよ。母がストラットフォードの病院に予約をしているので、連れていくの。失礼して支度をすませるわ。それに、今日は店を閉めているの」

「どうして?」

「ほかにしなきゃならないことがあるからよ」イゾベルはかんしゃくを抑えようと四苦八苦した。リチャードが来た理由など、もうどうでもいい。今は一刻も早く追い返すことしか頭になかった。

「じゃあ……」リチャードは思わせぶりに間を取った。「賃貸契約のことでニュースを知らせに来たんだが聞かなくていいんだね」背を向けにかかる。「残念だ。君には重要なことだと思っていたよ」

イゾベルは目を閉じた。「重要に決まってるでしょう！」リチャードが恨めしい。目を開けると、彼は効果を計算した意地悪そうな顔でこちらを見つめている。「でも、今はその話をしている時間がないのよ。明日、店に来てくださらない？」

「明日はホーシャムにいないんだ」リチャードはそっけなく答え、イゾベルが代案を思いつく前に続けた。「今夜また来る。夕食をとりながら話そう」

「だめよ」イゾベルは即座に断った。リチャード・グレゴリーと夕食をともにしても全然楽しくない。

「じゃあ、いいよ」リチャードの態度から、わずかに残っていた愛想のよさが完全に消えた。「君がこの話を人づてに聞くころは手遅れだろう。僕の上司は時間を無駄にする男じゃないからな」

イゾベルは悲鳴をあげたかった。最初は母のことで、今度はこれだ。「わかったわ」リチャードが小道の突き当たりで門を開けようとしたとき、彼女は破れかぶれで言った。「一時ごろ帰ってくるから、飲みに行ってもいいわ。一時十五分にグリーン・ドラゴンというバーで会わない？」

「グリーン・ドラゴン？　どこにあるんだ？」

「店の向かい側よ。もう本当に行かなきゃ。母が発作を起こしそうだから！」

幸い、リチャードはその提案を受け入れた。イゾベルはドアを閉めて支度をすませた。なぜだか自分でもわからないが、二階に行くときドアチェーンをかけた。リチャード・グレゴリーにはどこか信用できないところがある。

もちろん、リチャードは戻ってこなかったので、その用心は不要だった。だがイゾベルは玄関を出たとき、まだ不安を感じていた。まったくばかげたことだ。リチャードは疑わしいことを何ひとつしなかったのだから。

パトリックと違って。だが、それは別問題だ。

ウォーリック・ロードに着いて、母がもう病院に向かったことを知ったとき、イゾベルのかんしゃくはおさまらなかった。

「リズ・スチュアートが訪ねてきて、母さんを連れていってくれた」手術室から呼び出された父親は、不機嫌な口調で説明した。「私のせいにするんじゃない。母さんは予約をしていたんだ。遅れたおまえが悪い」

「そうね」

不意に、ヘリオット医師は娘をじっと見つめた。「体の具合はいいのか？」

イゾベルは爪がてのひらにくい込むほど手を固く握り締めた。「もちろんよ。どうして?」

「いや、気分が悪いので遅くなると母さんに言ったそうだから」父親はそっけなく言い返した。「私は信じていなかったが、今のおまえを見ると、あながち嘘《うそ》とも思えなくなってきた」

「どういう意味?」

「ちょっとやつれたように見える。それだけだよ。何か心配事があるのか? 母さんの世話をすることで店の客を失うのを恐れているのなら、そう言いなさい。お茶ぐらいは本人にもいれられるだろう。買い物はいつでもミセス・フィンチに頼める」

「お母さんの世話をするのは苦にしていないわ」

「苦にしていたら、最初から頼まんよ」父親がやり返したとき、看護師がホールに出てきた。「わかってるよ、マリー。患者が待っているんだろう?」娘に向き直る。「お父さんの言ったことを少し考えてごらん」

「そうするわ」

ところが、父親と別れて両親の家の居間に入ったとき、顔や首にありがたくない熱を感じたのは、父親の言葉を考えてみたせいではなかった。原因は、自分がいかに無防備か、心のうちを隠す能力がいかに欠けているかを知ったことだった。

10

「あの女に会ってくれたの？」

「だから言ったように、店が閉まっていたんだ。母親が病気だとかで。窓をのぞいていたら、アシスタントの店員が通りかかって、そう話していたよ」

ジリアンは唇をすぼめた。「じゃ、会わなかったのね」

「会えるわけないだろう」

「その店員に住所をきけばよかったのに」

「きいて、どうするんだ？」パトリックは自分の二枚舌に驚いた。「それに、どんな口実で住所をきけと？　あの女は知り合いじゃないんだ」

「話をしたことはあるでしょう？」

「それは……まあ」

「じゃ、連絡する口実は何か考えられたはずじゃない。ひどいわ、パット。あの女は私の家庭を壊そうとしているのよ。あなたは当然、味方になってくれると思っていたわ」

パトリックは無言だった。めったにないことだが言葉に窮していた。イゾベルとベッドに入ったことは、姉には絶対に話せない。その結果は考えるのもいやだ。イゾベルの関心をリチャードからそらす手段だった、と偽の言い訳をしたとしても。

というのは、コーチハウスで義兄と夜を過ごしたのが誰であれ、イゾベルではないからだ。それどころか、今では二人の関係について、彼女が嘘《うそ》をついていたような気がする。イゾベルは自分でほのめかしたように、本当にリチャードとつき合っていたのだろうか。それとも僕を寄せつけないために、あんなことを言ったのだろうか。二人が交際していたとしたら、義兄はどのくらいの時間を費やして、自分の魅力に気づいていない女性をだましたのだろう。てのひらがじっとりと汗ばむのを感じ、パトリックは手をポケットに突っ込んだ。

「じゃ、何をしていたの？」ジリアンがきく。パトリックはきょとんとして姉を見つめた。「昨夜《ゆうべ》のことよ」姉は業を煮やして促した。「どうしたのよ、パット？　まだ目が覚めていないの？　今は午後のさなかなのよ！」

問題はそこなんだ、とパトリックは苦々しい気持で考えた。僕は深すぎるほど、それに長すぎるほど眠っていた。あのことを無理に忘れようとしていたのだ。でも、それを姉に話すことはできない。

「起きているよ」

「あなたには、あきれるわ」

「どういう意味だ？」

「夜を無駄にしなかったからよ。そうでしょう？　今朝、お母さんが電話してきたわ。昨日あなたが着いたのは夜半過ぎだったそうね。夕食を一緒にするはずだったのに」

「引き止められたんだ」

「イゾベル・ヘリオットの店の売り子に？」

「違うよ」

「じゃ、誰？　ジョーなの？」

「ジョー？　あいつは一緒じゃなかったよ」

「本当？　あなたたちはときどき二人して飲み歩くことで有名なのに？」

「一緒じゃなかったと言っているだろう」

「でもケリーモアに遅く着いたことは否定しないわね」

　パトリックは顔をしかめた。確かにひどく遅かった。イゾベルの家を出たのが十一時過ぎだったせいだけではない。車を待避所に長時間止めて、母を訪ねないですむ口実を考えていたからだ。

「否定も肯定もしない。姉さんは僕を信頼していないようだから、この話を続けても無意味だ」

「無意味じゃないわ」ジリアンは言いすぎたことに気づいたらしかった。「ねえ、パット……」

だが先を続ける前に、ドアの閉まる音がした。ジリアンは眉をひそめて振り返った。

「誰……？」

パトリックが動くひまもないうちに、リチャードが戸口に現れた。一番驚いたのは義兄なのか自分なのか、パトリックには判然としなかった。だが、リチャードの顔に狼狽《ろうばい》の色が走ったのは確かだった。

「パット！　君が来てるとは知らなかったよ」

「そうらしいな」パトリックはそっけなく言いながら、リチャードが自分の命令を無視したことに感謝した。「アムステルダムに行くはずじゃなかったのか？」

「飛行機に乗り遅れたんだ」

「じゃ、なぜ次の便に乗らなかった？　アムステルダムへは日に四、五便飛んでいるはずだ」

「気分が悪くて」

「まあ、リック！」ジリアンはたちまち顔を曇らせて部屋を横切り、夫の腕を押さえた。

「どうしたの、ダーリン？　そういえば顔色が悪いわね」

パトリックはポケットの中の手を握り締めた。姉はどこまでお人好《ひとよ》しなのだろう。リチャードは健康そのものだったのだ――僕の顔を見るまでは。

「なんでもない」リチャードは答えながら、ジリアンが体を支えて肘掛け椅子に座らせるに任せた。「空港で夜明かしして、今朝戻ってきたんだ。電話しようと思ったが……」

「もう、そんなことはいいのよ」リチャードをちやほやしているときのジリアンは、世にも嬉《うれ》しそうな顔をする。「パットはもう帰るところなの。そうよね?」目で弟に訴える。

「アムステルダムには、誰かほかの人を出張させられるでしょう?」

リチャードに出張を命じたのは、わざと遠ざけるための手段だったのだから、だめだとは言えない。

「ああ。僕が行ってもいい。うちが手がけているアムステルパークのアパートの修復が、日程より遅れているから」

「助かるわ」ジリアンはすぐ戻ると夫に断り、玄関まで弟を送った。「ホーシャムに行ってくれてありがとう」声をひそめて言う。「あとでまた話すわ。これからロンドンに戻るでしょう?」

パトリックは口ごもった。「ジル……」

「今は話せないわ」ジリアンはすぐさえぎって、気にするように背後を振り返った。「リックはかわいそう。確かに気分が悪そうよ。そう思わない? 来週まで休ませてもいいでしょう?」

パトリックは顔を厳しくした。「金曜日には出社してもらう。つまり明日だ。責任の重い地位にいるという自覚を失ってほしくないからな」

ジリアンは不服そうだが、逆らわなかった。「会社に行けそうなら出勤させるわ。来てくれてありがとう。ごめんなさいね。無駄足を運ばせて」

パトリックはポルシェに戻って姉の家を離れた。ひどく不愉快だった。リチャードが嘘をついたからでも、ジリアンが義兄の芝居にうまくだまされていたからでもない。自分のしたことがたまらなくいやだった。女性を誘惑する癖はない。相手が望まないかぎり。そして自分の判断が誤っていたことが、口の中に苦い味を残していたのだった。

イゾベルの家に戻ろうか。そう考えた瞬間にこみ上げた激しい欲望を、パトリックは抑えつけた。イゾベルとの関係を続ける意思が僕にない以上、ホーシャムに戻っても仕方ない。続けたいと思っても無理だ。僕にはなんの作為もないと言っても、彼女は決して信じないだろう。僕が本当はどういう立場の人間かを知ったときには。

おまけに、もうひとつの恋愛関係を始めようとも思わない。たまに小さな諍《いさか》いはしても、ジョアンナとは非常にうまくいっている。彼女は僕にぴったりだ。あまり冷淡でも、過度に嫉妬《しっと》深くもない。それに、誰がこの関係を支配しているかについては、疑問の余地がない。

イゾベルは違う。一夜を過ごしただけで、僕の心の平和を脅かしかねないことがわかる。

彼女といると、僕は支配力を失ってしまう。そうでなければ夢中にならなかったはずだ。また、彼女は結婚を期待するタイプだが、それは僕が絶対に望まないことだ。

そんな理由づけを無視したい誘惑は苦痛を感じるほど強かったが、パトリックは分別ある行動をとってロンドンに戻った。不運な二十四時間だった、と思いながらスポーツカーを自宅前に止める。義兄の愛人のはずが、そうではなかった女と愛を交わしたこともだが、母をがっかりさせたこともそうだ。まず夕食に遅れた。次に、寝坊をして昼食のときしか母の相手をしなかった。あげくの果てに、リチャードはオランダに行かなかった。〝放蕩《ほうとう》息子はいずれ戻る〟のことわざどおりに戻ってきて、あわや僕とイゾベルの現場を押さえるところだったのだ。

もし義兄がイゾベルに会うためホーシャムに直行していたら……。パトリックはそう考えて冷や汗をかいた。リチャードは意地の悪い喜びを感じながらイゾベルに僕の本当の身分を明かしただろう。そればかりではなく、そのニュースをジリアンに知らせたに違いない。そのときの姉のショックが想像できる。リチャードはホーシャムに行った理由を説明することになるのだが、義弟に屈辱を与えられるなら安い代償だ。しかもジリアンを意のままに操れることをさっき証明した。彼がアムステルダムに行かなかった理由など、ひと言も信じられるものか。

ばからしい。パトリックはそう思いながら車を出てドアを必要以上に強く閉めた。まるで茶番だ。ジリアンは夫の不倫をあばかないと言って僕を責めていたのに、五分もたたないうちにリチャードが病気を装って戻ってくると、すっかり真に受けて彼にべたべたした。愚かでだまされやすい姉らしく。

もうたくさんだ。ジリアンは夫がイゾベルと不倫をしているとまだ信じるなら、ほかの人に処理を頼むことだ。まったくの嘘にも半分の真実にも、ごまかしにもうんざりだ。今後は忙しくなるから無償奉仕の探偵はやっていられない。

半分の真実やごまかしのいくつかは自分に責任があることを、パトリックはしばらく考えたくなかった。そこで姉や義兄に話したことを実行することにして、イギリスを出発した。アムステルダムでの数日は、事態を客観的に見るのに役立った。帰国するまでには、あの出来事が自分の過失ではなかったとほぼ確信できるようになっていた。

心の平静はイギリスに戻った夜に粉砕された。

パトリックは空港からジョアンナに電話して夕食に誘った。彼女は嬉しそうに応じた。「ほかに恋人ができたのかと思ったわ」ジョアンナは不安を打ち明けた。パトリックは仕事が忙しかったんだと急いで告げて彼女を安心させた。

「例のクラブで食事しよう」そう言ったのは、セント・ジェームズ・パークにある会員制のホテルに行くことを、彼女が楽しみにしているからだ。「七時半ごろ迎えに行く。いいかい？」

「いいわよ。会いたかったわ、パット。遅くならないでね」

「大丈夫。遅れないよ」

パトリックは電話を切った。回転式コンベヤーから荷物を取ってジョーを捜しに行く。すでに彼はいっそう楽観的になっていた。生活はもとに戻りつつある。そう感じるのはいい気持だった。

ジョアンナのアパートに着いたとき、レストランに出かける時間まで三十分は余裕があった。パトリックはアムステルダムの土産として、小枝をかたどったダイヤモンドとエメラルドのブローチを持参していた。クラブに向かう前に、ぜひとも二人の愛の交渉を復活させるつもりだった。

だが黒いサテンのボディースーツだけを着たジョアンナがドアを開けたとき、パトリックは不幸なことにイゾベルの背の高いしなやかな体を思い出した。おそらくスタイルのよさでは勝っているジョアンナの姿に、イゾベルのもっと豊かな体が二重写しになった。その対比は、パトリックをひどく悩ますことはなかったにしても、彼が感じていたかもしれない情熱を冷ましたのは事実だった。

ジョアンナは高価なブローチを喜んだ。それで気まずい空気は一掃された。パトリックは彼のために置いてあるモルトウイスキーをシングルで一杯飲むだけで満足した。ジョアンナが足首丈の黒いドレスを優雅に着て現れたころ、彼は夜がまた予定どおりの方向に進んでいることを確信していた。

クラブに着くと、パトリックは食事が終わったらタクシーでアパートに戻ると言ってジョーを帰した。ジョアンナと夜を過ごす決心だったのだ。

クラブのレストランでは、パトリックはよく知られていた。そのため、会員専用のカウンターで食前酒とオードブルを楽しんだあと、人目につきにくい場所にある二人用のテーブルに案内された。レストランは広く客も大勢いたが、ゆったりした一角を囲む熱帯植物は人目を十分に遮断し、背景に流れる弦楽四重奏の調べは、話が聞かれることを防いでいた。

「すてきな席ね」感激したジョアンナが、テーブルの上でパトリックの手を握り締める。彼はさっき自分がかなり無作法だったように感じていたので、その手を握り返した。

彼女を見たのはそのときだった。

彼女とリチャードが近くに座っていた。パトリックは不意にこみ上げた不快感で凍りついた。悪夢を見ているような気がする。

ちくしょう！

「パット！」

ジョアンナが抗議するように言った。一瞬パトリックは、自分がそう口走ったのだと思った。だが次にジョアンナが指を彼の手から引き抜こうとしているのに気づいた。驚愕《きようがく》のあまり、彼女の手をつぶさんばかりに締めつけていたのだ。ジョアンナの小さな笑い声はあまり楽しそうではなかった。

「ダーリン！」彼女は叫んだ。「もう少しで手首が砕けるところだったわ！」パトリックが指をゆるめたとき、イゾベルが皿から目を上げて彼を見た。

11

彼だわ！

イゾベルは目を疑った。でも確かに彼だ。よりによって、パトリック・ライカーの行動範囲の中にリチャードに連れてこられようとは。誰に会おうともあの人にだけは会いたくなかった。表情から察すると、彼も私にだけは会いたくなかったらしい。

心が傷ついた。

二週間以上たって、パトリックにまた会うことをあきらめてはいたものの、イゾベルはいまだに傷ついていた。どうして彼はこんなことができるのか不思議だった。私を誘惑しておいて、振り返りもせずに姿を消すなんて。私が妊娠するかもしれないことを知りながら。私には初めての体験だったことを承知していながら。

パトリックには連れがいた。だから私に会おうとしなかったのだ。イゾベルは事態を客観的に見ようとしてそう考えた。パトリック・ライカーのような男が親密な交際相手の女性に不自由しないのは、初めて会った瞬間から知っていた。でも彼のうぬぼれの犠牲者たちに私も加わることは予想もしなかった。

イゾベルは腹が立った。彼を見ているだけで気弱になる自分はもっと腹立たしかった。しっかりなさい。あの男は人間のくずよ。やっぱりチャーリー・アンクラムと同類だわ。ただ、私を誘惑することは以前の上司には絶対に不可能だったけれど、パトリック・ライカーにはしごく簡単だっただけ。

イゾベルはフォークの柄を指の関節が白くなるほど握り締めた。そのフォークでパトリックを刺してやりたかった。彼の仕打ちに対して、多少の仕返しをしても当然だ。

連れの女性は奥さんかしら。でも私のこれまでの知識によると、奥さんはご主人をあれほど意味ありげなまなざしで見つめはしない。それに、パトリックは離婚したと言っていた。

そう、結婚しているはずがないわ。結婚は多すぎるほどの束縛を伴うけれど、彼のような男はいつも自由を求めているのだから。

「どうしたんだ?」

イゾベルが話を聞いていないことに、リチャードはふと気づいた。彼女の注意がどこかにそれていることにまる一分も気づかなかったのは、自分には抗しがたい魅力があるとひそかにうぬぼれているせいだ。そうでなければ、イゾベルが夕食を一緒にするはずがない。

何しろ、賃貸料を妥当な値段に抑えることができた、と彼女に伝えたばかりなのだ。

なぜリチャードと夕食をすることにしたのか、今のイゾベルにはわからなかった。ホテルでルームサービスを頼み、一人で夜を過ごしてもよかったのだ。でも、室内装飾の講座に出たいと言う母親を車でロンドンに連れていくことになったとき、リチャードと食事をするのがいい考えに思えたのだった。少なくとも、人づき合いをよくしなさい、と母が絶えず言うのを黙らせることができる。彼の行きつけのクラブなら知人に会う恐れもなさそうだ。

リチャードはいらだってきた。イゾベルの関心が二人の席の先にいる誰かに向けられているのが腹立たしい。ほかの男に色目を使わせるために連れ出したわけじゃない。そう思って椅子に座ったままぐいと振り返った。自称色男をにらみつけてやろう。

リチャードははじかれたように顔を戻した。真っ赤な、仰天した顔をしている。「パットだ」思わずつぶやいた。だがイゾベルは聞きとがめて、彼に注意を向けた。

「なんて言ったの？」

「いつ？」

「たった今よ。パットって言ったでしょう？　あの人を知っているの？」

「どの人だ？」

リチャードがとぼけるので、イゾベルの屈辱は怒りに変わった。「あの人よ」パトリックの席のほうに頭をうなずかせる。「これでもとぼけるの？　それとも、彼を呼んではっきりさせましょうか?」

「よせ!」リチャードは慌てて止めた。「じゃ、あの男は君の知人なのか? 全然言わなかったな」

「言う必要がある? あの人、あなたとどういう関係なの?」

「知っているはずだ。僕の上司だよ。義理の弟でもある。そのことも彼から聞いただろうな」

イゾベルは口をぽかんと開けた。「あの人がミスター・シャノンなの?」

「彼を知っているんじゃなかったのか?」

「会ったことはあるわ。で、あなたの奥さんがあの人のお姉さんだというの?」

「残念ながら、そうだ。まずいな。なんで、こんなところに来たんだろう?」

「だって、ここの会員なんでしょう?」イゾベルは彼がそう告げたことを思い出させながら、自分の頭脳が一度に二つの機能を果たすことを発見した。一方では、気軽な口調でリチャードに話しかけることができる。まるで、今の話から強烈な打撃を受けていないように。だがもう一方では、パトリック・シャノンが最初から嘘《うそ》をついていたことは何を暗示するのかを、必死に考えているのだった。

「実は、違うんだ」リチャードは見栄《みえ》を張っても仕方がないと観念したようにつぶやいた。

「パットの名前を使って入った。前にもそうしたことがある。あいつにとっては痛くもかゆくもないさ」

「今回は違うわ」イゾベルはささやいてフォークを置いた。パトリックが立ち上がるのを見て彼女の心臓は止まりそうになった。「こっちに来るわよ」

リチャードが椅子を押して立ち上がる。逃げ出すのだ、とイゾベルが思ったのは無理もない。だが、パトリックのほうに歩いていった。自分たちの応酬を間断ない談話のざわめきで隠すつもりらしい。

ところが、パトリックは義兄を無視して二人のテーブルに進んできた。イゾベルの凍るような表情を見ると、彼は目を不気味に細めた。

「やあ、また会ったね。思いがけない喜びだ」パトリックは自信に満ちていた。着ている濃い灰色のスーツは、彼のスリムな長身を念頭に置いてデザインされたことがひと目でわかる。彼の冷淡な表情を見たとき、イゾベルは誰にも感じたことのない激しい憎悪を覚えた。

「そうかしら？　賃貸料の値上げが最小限ですんだことでは、お礼を言わなきゃ。私たちを立ちのかせたいところを、どうもご親切に」

「テナントが立ちのきを要求されたことはないはずだ。そうだろう？　そんな印象を与えたのならすまない。誤解はよくあることだ」

「まったくね」自分の唇が皮肉っぽくゆがむのを感じて、イゾベルは驚いた。「どうぞ私たちにおかまいなく。お連れのかたは奥さまでしょう？　きっとどうしたのかと思っていらっしゃるわ」

「妻はいないと言っただろう」パトリックは厳しく言い返し、あっけにとられているリチャードをじろりと見た。「でも君の言うとおり、今こんな話をするのは不適当だ。明日会おう、リチャード。それでは、失礼。ミス・ヘリオット」

パトリックが大股に離れていくと、リチャードは椅子にがっくりと座り込んだ。イゾベルは震えていた。それどころか、天変地異が起きても立ち上がれないのではないかと心配していた。

「傲慢《ごうまん》なやつだ！」リチャードはつぶやいて皿を押しのけ、ワインを一気に飲みほした。近寄ってきたウエイターをいらだたしげに手を振って退け、自分でワインを注《つ》ぐ。

イゾベルは唇を湿らせた。「ここを出たい？」

「君はどうなんだ？」リチャードは鼻を鳴らし、またワインをがぶりと飲んだ。「あいつはまだアムステルダムにいると思っていたのに。予定を早めて今日戻ったんだな」

「あの人、アムステルダムに行っていたの？」

「今そう言ったばかりだろう？」リチャードは答えたあと、少しは礼儀を守る必要があることに気づいた様子だった。「オランダには、僕が行くことになっていたんだが、行かなかった。それも明日絞られる種になるだろうな」

「絞られる？　だって……」

「僕はあいつの姉と結婚しているんだ！」リチャードはじれったそうにわめいた。「わからないか？　あの男はジルにこのことを話したくてうずうずしているさ。今夜は家に帰りたくないよ」

「でも、奥さんとは不仲だと言ったわね。実質的には別れているから、あなたが何をしようと奥さんは気にしないって」

「だから、なんだ？　どっちみち、ある程度は本当だ。僕たち夫婦はうまくいっていない。あいつの干渉が少なからぬ原因でな」

「じゃ、私に嘘をついていたのね！」

「嘘は誰でもつくさ」リチャードは彼女の青ざめた顔を平然と見た。「隠し事をしていたのはお互いさまだろう。なぜパットを知っている？」

「こうなった以上、あなたには関係ないわ」

「あるさ。あいつは僕の素行調査をしていたんじゃないのか？」

パトリックはまさにそうしていたのではないだろうか、とイゾベルは思った。だがリチャードにそれを認めたくないし、パトリックの仕打ちを許そうとも思わない。彼女は二人のどちらにも軽蔑《けいべつ》を感じた。

「もう帰るわ」質問を無視して言う。リチャードは憎しみをこめた暗い目で彼女を見た。

「止めはしないよ。じゃ、またな。といっても、近いうちにホーシャムに行くかどうかは疑問だがね」

来ようと来まいとご勝手に。イゾベルは脚の震えが止まったので安心して、意地悪く考えた。パトリックのほうは見ずにレストランを出る。そのあいだ、タクシーが外で待っていることを祈った。

「イゾベル！」

ドアマンがイゾベルのためにドアを開けたとき、彼女はパトリックの声を聞いて足を止めた。ドアマンが見ている前では知らんぷりもできない。

「どこへ行くんだ？」

イゾベルはドアマンに目を走らせた。すると彼は慌てて狭い詰め所に引き下がった。ドアマンがまだこちらを見ているので、イゾベルは声を殺して言った。「どこだっていいでしょう」

「リチャードは君を送らないのか？　なんて無責任なやつだ！　あいつを連れてくる……」

「よけいなことをしないで！　誰の世話にもならないわ。特に、あなたたち二人には」

「君は何もわかっていない。泊まっているホテルの名を教えてくれ。僕たちは話し合う必要がある」

「それがねらいね！　断るわ。話は私の家でいくらでもできたはずよ。失礼していいかしら？　表のタクシーに乗るから」

「ベル……」

「そんな呼び方をしないで！」

「なぜ？　前には反対しなかったじゃないか」

「私がばかだったからよ」答えながらドアのノブに手を伸ばす。「夜を楽しむことね、パトリック。あのときの私より、お連れのかたのほうがずっと熱心にお相手をなさるでしょうから」

「僕だけを責めるのは片手落ちだぞ、イゾベル」

「そうかしら。私はあなたを信頼したわ。それなのに、あなたはだましたのよ。私があんなことをしたことがないと知っていて」

「わかっている。否定はしない。こう言えば慰めになるなら、僕にもあんなことは初めてだった」

「嘘つき！」

イゾベルがにらみつけると、パトリックはこんな話をする場所でないことに突然気づいたように、彼女とドアマンの詰め所のあいだに立ちふさがった。

「つまり僕は知らなかったんだ。君がこれまで決して……その、言っている意味はわかるだろう？　僕にとっても新しい経験だった」

「それは、謝っているつもりなの？」

「謝ってほしいのか？　大げさに考えすぎていないか？　あんなことをすべきでなかったかもしれないが、すんだことはどうしようもないよ」

「そうかしら」イゾベルの目は抑えようとする涙で異様にきらめいた。「お姉さんがそそのかしたことなのね」そう続けたとき、相手の顔に衝撃が走るのを見て彼女は死にたくなった。「なぜ？　お姉さんは、リチャードと私が親しすぎると思ったの？」

「それは無理もないよ」

「でも、そうじゃなかったことは、あなたと私が知っているでしょう？」

「僕たちが？」

「そうよ！　信じないかもしれないけど、私がリチャードと夜に出かけたのはこれが初めてだもの」

「彼とのつき合いは真剣だと君は言ったじゃないか。君だって嘘つきだ」

「あなたには、良心というものが全然ないのね」

「そうじゃない。実際的な考え方をするだけだ。それが君の考え方と違っているなら残念だと思う。でも僕は論点を感情であいまいにはしない……」

「ひどい人ね！」

無力な自分が悔しかった。イゾベルは両手を握り締め、怒りに全神経を緊張させてパトリックをにらみつけた。

「ベル……」

「その言い方、やめて！」

「わかったよ。じゃ、イゾベル。何を怒っているんだ？　僕の言うことがわからないのか……」

「私、妊娠したの！」

その言葉があまりに確信を持って口から出たので、イゾベルはそんなとんでもない嘘をいつから自分が考えていたのだろうかと疑った。そのような偽りを言ったせいで感じた恥ずかしさは、パトリックの狼狽《ろうばい》した顔を見る痛快さで、ほとんど帳消しになった。

12

「嘘《うそ》だ！」

パトリックはベッドの中でぎくっと上体を起こした。全身が汗にぬれている。さっきの言葉は実際にそう叫んだのだろうか。

体が震えているのに気づき、枕《まくら》にぐったりと頭を戻す。途方もない夢を見ていたに違いない。ありがたいことに、ここはジョアンナのアパートではなく僕の家だ。何の夢だったんだろう……。

イゾベル！

徐々にはっきりする頭にその名がひらめいた。同時に、昨夜、彼女の言葉を聞いたときの衝撃がよみがえった。なんてことだ。パトリックは内心でうめいた。安らかな眠りを破った言葉は、まさにあのときの彼の言葉だった。パトリックはイゾベルの言葉を信じなかった。今も信じていない。かといって、彼女に気ままな生活の基盤を脅かされたことに変わりはなかった。

頭をめぐらして横のキャビネットに置いた時計を見る。四時を少し過ぎたところだ。夜が明けるには早すぎるが、もう一度眠るには遅すぎる。たとえ眠れても、と不機嫌に考える。イゾベルのせいで、僕の夜は散々だったのだ。僕がテーブルに戻ったときのジョアンナの怒り方といったらなかった。

パトリックは幻影を締め出そうと目を閉じた。だが嘘つきだと言って彼が責めたときの、イゾベルの顔がやはり見えた。その苦しみに満ちた表情は、もう少しで彼の身を滅ぼすところだったのだ。

しかし、イゾベルはとらえようとする彼の手を逃れ、クラブの外で客を待っているタクシーのほうに走っていった。パトリックはそれ以上何も言えなかった。彼女の滞在先すらわからない。レストランに戻ってリチャードに尋ねるのは論外だ。

しかも、レストランに戻る気には、とうていなれなかった。誰かと顔を合わせる気分ではない。とりわけ、これまでの愛人とは。そこで少なくとも三十分は費やし、一杯のモルトウイスキーで元気をつけたのちにテーブルに戻ったのだった。

そのころには、ジョアンナの怒りは和解の段階を過ぎていた。たぶんそれで幸いだったのだ。パトリックは認めた。僕たちはお互いの欲望を満たすだけの関係だった。今の僕にその役目が果たせるかどうか怪しいものだ。イゾベルは僕を骨抜きにしてしまった。そんなことをした彼女は許しがたい。

また彼女に会ったら……。

イゾベルの態度に怒りはしても、パトリックはどういうわけか、彼女に会うまいとは考えなかった。かえって、また会おうと決心した。イゾベルが嘘をついていることを自分で確かめ、あの出来事を防ぐために、僕がどうすべきだったと彼女が考えているのかを知る必要がある。

予防措置をすべきだったのだ。パトリックはそうしなかった自分に腹を立てた。本当でも嘘でも、あんなことを言う口実を与えてはならなかったのだ。これまでこんな問題が起こらなかったのは、イゾベルを求めたときのように強く、または徹底的に女性を求めたことがなかったせいに違いない。今は自分の行動をある程度客観的に見られても、あのときそうでなかったことは確かだ。彼女の滑らかで温かい感触を今でも思い出す……。

自分に悪態をつくと、パトリックはベッドから脚を下ろした。冷たいシャワーを浴びて、ミコスの波止場の開発計画を二時間ほど検討しよう。レジャー産業はシャノン・ホールディングスの新しい出発になる。リチャードをその責任者に据えてもいい。

リチャード。

パトリックは浴室に入りながら顔をしかめた。リチャードの処置はまだ決めていない。海外に赴任させるのも一案だ。彼がイゾベルとまだ交際していることをジルに伝え、あとは姉の意思に任せる手もある。義兄をフォックスワースの担当からはずしたが、それだけでは問題の解決にならないのは明らかだ。

困るのは、リチャードの名をイゾベルの名と結びつけると、不愉快でたまらなくなることだ。彼女はリチャードと外出したのは初めてだと言ったが、あれは真実だろうか。それとも、僕がそう信じたいだけなのだろうか。

いずれにせよ、昨夜レストランに戻ったとき、義兄はもういなかった。イゾベルのところに行ったとは思えない。妻との仲を偽っていたのが明らかになった以上、彼女が歓迎するはずはない。僕が介入したあとで、二人がかなり激しい口論をしていたのをこの耳でとらえている。

パトリックは吐息をついた。思えば、二、三週間前まではなんと平穏な生活を送っていたことか。コンラッド・マーティンの脅迫すら、取るに足らないことのようだ。

そう思うことは、イゾベルの問題をどうするかの解決にはならなかった。パトリックはその朝遅くポートランド・ストリートにあるオフィスで会議の議長を務めたとき、彼女に会って妊娠の件をはっきりさせるまでは、何をしても手につかないことを思い知った。経理部長に言っていることを繰り返すように二度も頼んだのだ。重役たちの心得たような目つきから察して、情熱的なデートの後遺症に苦しんでいると思われているのは確実だった。

そうさ、とパトリックは皮肉っぽく考えた。でもこの苦しみは、アスピリンでも治せない。

店は開いていた。

パトリックはジョーに命じてカプリースの前をゆっくり通りすぎたあと、グリーン・ドラゴンの後ろの駐車場に車を止めて、自分が用件をすませるまで一杯飲んでいるように指示した。

ジョーは店の向かいにあるパブの中庭に大きな車を入れた。強い日光から陰になったところにスペースを見つけて停車すると、サイドミラーに映るパトリックの目を見た。

「ありがとう。十五分ほどで戻ってくる」車を降りたあと、パトリックはドアを音高く閉めて大股に離れた。

ホーシャムに来る時間を作るのに二日も待たなければならなかったのだが、パトリックは自分の目的を果たすことをいくらかためらっていた。それどころか、来る途中、イゾベルがまだロンドンにいることを半ば願ったほどだった。そうすれば、今日彼女と話す計画が流れることになる。

厄介なのは、日がたつほどに彼女のふらちな宣告が真実味を帯びてきたことだ。あの言葉を、遅ればせながら復讐《ふくしゅう》したい気持から出たものとして片づけるのはいい。でも、本当だったら？　彼女があんなに感情的だったのは、体調のせいだとしたら？

おそらく僕がジョアンナといるのを見て逆上したのだ。イゾベルがリチャードの前で黙っていたからといって、思いつきの嘘を言ったと考える理由にはならない。彼女が妊娠の件をリチャードに話さなくてよかった。もし話していたら、義兄がその話からどれだけ利益を得ていたかは想像がつく。

それでも奇妙なことに、パトリックはリチャードの問題をあまり追及したくなかった。もし彼女が妊娠していたら？　今、僕の息子か娘を体内に育《はぐく》んでいたら？　それを知ることをいっさい拒否したら、僕はどう感じるだろう。そして将来、子供を連れた彼女に出会ったら、どんな気がするだろう。

このあたりにはめったに来ないから、子供を連れたイゾベルに出会う可能性はもちろん低い。だが何が起こっても、その成り行きを最後まで見届けるのが僕の性質だ。今はどう感じていても、結果を知らずにすますことはできない。

パトリックはいらだたしげにため息をついてジョーを振り返った。運転手は車を出て巨体をボンネットに寄りかからせている。彼が雇主のことを本人よりも知っていそうな気がして、パトリックはいらいらした。そこで自分の心理を見つめるのをやめ、車の流れがとぎれるのを待って道路を横断した。

珍しく、イゾベルは一人だった。カウンターの後ろの棚のほこりを払っていたので、パトリックは彼女に見られないで店内に入ることができた。

「いらっしゃいませ……」そう言いながら振り返って彼を見た瞬間、イゾベルはぴしゃりと口を閉ざし、はたきをカウンターの下に押し込むと、氷のように冷ややかな目を向けた。

「なんの用？」

パトリックは当惑して口ごもった。二人の関係をこの場で終わらせる決心だったのに、自分が今なお彼女に強く惹《ひ》かれているのを意識したのだ。イゾベルは彼とコーチハウスに行ったときのエプロンドレスを着ていた。今度は薄手のリブ編みのセーターに重ねている。しゃれた服装ではないが、優雅に着こなしているのは否定できなかった。

髪は後ろで編み込まれている。パトリックはイゾベルの自宅で過ごしたときにしたように、きつく束ねたその髪をほどきたい衝動に駆られた。あのときのイゾベルは本当に美しかった。輝く髪を枕に後光のように広げて……。

「なんの用か、きいているのよ」イゾベルは冷たい声で促した。「リチャードを捜しているなら、もう会っていないわ」

パトリックは一歩前に進んだ。「リチャードを捜しているんじゃない。このあいだの夜言ったように、僕たちは話し合う必要がある」

「なぜ？」

「なぜ？　よしてくれ。父親になると言われた人間が、それを忘れると思うのか？」

「いいじゃない。物事を忘れるのは、あなたにはたやすいことなんだから」

「どんなことをだ？」

「小さなことよ。あなたの名がパトリック・ライカーではなく、パトリック・シャノンだとか、リチャード・グレゴリーがあなたの義理のお兄さんであるとか。この二つを同時に忘れたのは、絶対に偶然じゃないわ。そうでしょう?」

「偶然だとは決して言わなかったよ」

「あなたは何も言わなかったわ。私には何もかも話させておきながら。それを私は関心を持たれているせいだと思っていたわ。義理のお兄さんの素行を調べているからだとはつゆ知らずにね」

「そんなことじゃなかったんだ」

「まさにそのためだったわ。それを少し楽しくするために、彼の愛人をベッドに誘ったのよ。そんなことをしたあなたを、絶対に許さないわ」

「よすんだ。なんてことを……」

「何が?」イゾベルはパトリックを冷たい目で見据えた。「人を口説けば、こういう反発を受けるのが普通でしょう? あいにくだけど、こんな怪しげな方法で敬意を表されても、どう応《こた》えていいかわからないの。だから、それを知っている人のところに戻れば? あなたと一緒に夕食をとっていた、あの気の毒なおばかさんのところへでも」

パトリックはぐっと息を吸い込んだ。こんなことを言わせてはならない。彼女が傷ついてけんか腰になるのは、ある程度無理もない。でも、僕を怒らせて得意になることを許してなるものか。

「ベル」パトリックは断固として言い始めた。その呼び方を、即座に彼女がとがめるのを無視して続ける。「せめてお互いに礼儀を守ろう。なるほど、これまで僕は君に対して正直でなかったかもしれない。でも今日ここに来たのは、リチャードや姉とは関係なく、君と僕の問題だけを話しに来たんだ」

「〝君と僕〟の問題なんてないわ。帰って」

「ベル。こっけいだよ！　妊娠したと言っておきながら、次にはそうでないふりをするのは」

イゾベルは頭を昂然《こうぜん》とそらした。「私、そうじゃないもの」

「何じゃないだって？」パトリックは一瞬ぽかんとした。

「妊娠よ。作り話だったの。ちょうどあなたが思ったように」

パトリックはイゾベルを凝視した。店に入ったときはともかく、今はそんな言葉を聞きたくなかった。

パトリックはかぶりを振った。「嘘だ！」

イゾベルは乾いた笑い声をあげた。「前にもそう言ったわね。でも、あなたが何を信じようと気にしないわ。気にしたこともないの。もう帰って」

「じゃ、なぜあんなことを言ったんだ？　仕返しをするためか？」

「そのとおりよ」イゾベルは深く息を吸った。「さようなら」

パトリックはまたかぶりを振った。頭がぼうっとしていた。ここに来ることについて、あれほど良心と闘ったのが今はむなしく思える。イゾベルは妊娠していなかった。信託資金を手配したり定期的に子供に会う予定を立てたりする必要はなくなった……。

つまり、イゾベルと定期的に会う計画を、とパトリックは苦々しい思いで認めた。その二つを分離して考えることはとうてい無理だと悟ったのだ。そして、また彼女に会いたいと思う気持が、彼の答えを必要以上に厳しくした。

「僕をいじめて、さぞ楽しかっただろうね。でも気をつけることだな、ミス・ヘリオット。忘れたかもしれないが、僕はこの店の賃貸権を所有しているんだ。しかも僕は執念深い」

「それは脅迫なの、ミスター・シャノン？」

「いや」パトリックは不意にそんなことをほのめかしたことすら恥ずかしくなった。「負け惜しみを言っただけだ。店は続けてもいい」彼はドアのほうに歩きながら唇をゆがめた。

「僕の好意で」

13

車をウォーリック・ロードに入れると、イゾベルはスピードを上げて両親の家の門につけた。車回しの道は、救急車が来る場合のために父があけておきたがっている。それに、母に呼ばれた用件がなんであれ、短時間で終わってほしかったからだ。

転倒事故からもう四、五週間が過ぎ、ミセス・ヘリオットのギプスは、順調にいけば来週取れることになっている。イゾベルはそのときを待ちこがれていた。店を経営しながら、母の運転手を務めたり、代わりに買い物をしたりすることは体を酷使する。確かに、最近は疲労をいっそう感じるようになっていた。それに、気候は涼しくなっているのに、毎朝起きるのがひどくつらかった。

もちろん原因はわかっている。彼女は今もパトリック・ライカー、いや、シャノンを忘れかねていた。また、あの出来事から脱却するのは、最初に思っていたほど簡単ではないことを知っていた。

イゾベルはそれを異常だとは思わなかった。たいていの女性は初恋の人を忘れない、と何かの記事で読んだことがある。でも、その女性たちは初めての体験を思い出すとき、これほどの嫌悪を感じるだろうか。

こんなことを考えるからよく眠れないのだ。そう思いながら、彼女は車を出てドアをロックした。けれど、自分自身に必ずしも正直でなかったことを知っても、慰めにはならなかった。

どんなに事実をはぐらかそうとしても、あの出来事については、パトリック・シャノンと同様、自分にも責められるべき点がある。それは、だまされやすかったこと。嫌悪を感じるのはまさにそこだった。

イゾベルが玄関に入ると、母親がキッチンから呼びかけた。「ここにいるわよ。夕食のいんげん豆を切っているの」入ってきた娘に言う。「コーヒーは自分でいれてね」

コーヒーポットがガスレンジの上で保温されている。イゾベルは遠慮した。それどころか、コーヒーのことを考えると身震いが起きる。代わりに、冷蔵庫の容器から冷たい水をグラスに注《つ》いだ。

「今日の売れ行きは好調だったの?」松材のテーブルについたミセス・ヘリオットがきく。

「メイヴィス・テナントが言ってたわ。自作の陶器があんなに好評で、娘が大喜びしていますって」

「まあ、そう?　それはよかったわね」イゾベルは流しの水切り台に腰をあずけて、グラスから水をひと口飲んだ。「話って、そのこと?」

母親は顔をしかめた。「違いますよ。仕事のことで、私に口を出してほしくないでしょう?」

「それはどうも。じゃ、なんなの?」

「あなた、大丈夫なの?」

母親が心配そうな目を向けていることに気づき、イゾベルは痛む頭を後ろにかしげたり、肩を動かしたりするのをやめた。「もちろんよ。大丈夫に決まっているじゃない。疲れているだけよ」

「疲れている? その若さで疲れるはずがないわ。私なんか、あなたの年齢だったときには、二人の子供の世話をしながら常勤の仕事をしたのよ。このごろの若い人は、まったく苦労知らずなんだから!」こんな話は初めてではない。娘の生気のない目を見て、ミセス・ヘリオットは時間の無駄だと思ったようだ。「とにかく、もっと出歩けば、自分のことをくよくよ考える時間は減るんです。あなたに必要なのは一生懸命に働くことではなく、多くの人と幅広くつき合うことですよ」

「ええ。確かに人とつき合うことは必要ね。そのために何かしなきゃ」

「たとえば、どんなこと?」

「この秋に始まる夜間の講座を受けようかしら。地元のオペラサークルに入るのもいいわね。といっても歌うことは苦手だけど」

「まったくもう！」娘がまじめなのか、そうでないのか、ミセス・ヘリオットは判断しかねた。そこでこの話題を打ち切ることにして立ち上がり、いんげん豆を流しですすいだ。

「ところで……」効果を上げるために、間を取る。「お母さんにすばらしい話が舞い込んだのよ」

「あら、そう？」イゾベルは胃がちくっと痛むのを感じた。「どんなこと？」

「今話すから、お座りなさい」

娘がため息をつきながらも、言われたとおりにすると、ミセス・ヘリオットはニュースを明かした。「信じられないでしょうけど、フォックスワース・ホールの改装の契約に、私も入札するよう誘われたのよ」誇らしげに言う。「どう？」

イゾベルの口は突然からからに乾いた。「フォックスワース・ホール？」かすかな声でおうむ返しにきいたときには、母親は先を続けていた。

「ミセス・フォックスワースが亡くなったとき、大半の土地はシャノン・ホールディングスに売られたの。まあ、これは話すまでもないわね。あの会社があなたの新しい家主なんだから。とにかく、パトリック・シャノンはあの場所がよほど気に入ったのね。遺族を説得してホールも買い取ったのよ」

嘘《うそ》！　イゾベルは震える手でグラスを置いた。パトリックがそんなことをするわけがない。私がどう感じるか知っているはずだもの。しかも私の母に入札を求めるのは……残酷だ。

「本当に大丈夫？」思いがけない好機の到来に興奮していても、母親は娘の青白い頬と額の汗に気づいた。「どこか悪いんじゃないの？」

「いいえ。ただ、ここがちょっと暑くて。レンジの火がついているの？」

「ついているわよ」ミセス・ヘリオットはいぶかしげに後ろを振り返った。「でも、今日はかなり涼しいと思っていたけれど」

「いいの」イゾベルはぜひとも母親の注意を自分からそらしたかった。「気のせいね。話を続けて」

「本当に聞きたいの？」

「ええ」イゾベルはうなずきながら、吐き気が早く消えるように願った。

「どこまで話したかしら。そうそう、ミスター・シャノンがホールを買ったところまでね。地場産業を発展させることにとても意欲的らしいわ。彼の個人秘書があのあたりの四、五人の請負業者に連絡したの。内装にヘリオット・デザインが選ばれたのは自然の成り行きよ」

選ばれたのは自然の成り行き！　イゾベルはぞっとした。パトリックが秘書にヘリオット・デザインと連絡を取らせたのは偶然ではない……。

母親は話を続けていた。「建物の管理状態は最悪だそうよ。修復費は莫大《ばくだい》でしょう。でもミスター・シャノンは富豪だから、きっと気にしないわ」

母親はかぶりを振った。

「彼のおじいさんは第二次大戦の直後にアイルランドからイギリスに来たの。ロンドンのイースト・エンドにある、すきま風が入る古い安アパートに一家で住んでいたなんて、嘘みたいね。会社を興したのはパトリック・シャノンの父親よ。あの放置された安い土地が、将来ひと財産になるのを見越していたのね」

「どうしてそんなに詳しく知っているの？」イゾベルはいっこうに消えない吐き気を我慢しながら、弱々しく尋ねた。「彼にきいたの？」

「とんでもない。持ち主どころか、建物すら見てませんよ！　お父さんが購読しているビジネス雑誌にパトリック・シャノンの記事が載っていたの。マスコミがどれだけ徹底的に調査するか知ってるでしょう。とにかく彼の代になって、事業が発展したのは確かね。今では、シャノン・ホールディングスは国際的な企業だもの。すばらしいじゃない」

「パトリック・シャノンにとって？」

「お母さんにとってですよ。あなたにとってもね。店の顧客になるかもしれないでしょう」

「そうならないよう、祈るわ」

イゾベルは早く出ていく必要があるのを感じた。さもないと流しに吐くことになる。ところが、椅子を後ろに押して立ち上がると、母親が非難がましい目を向けた。

「話はまだ終わっていませんよ」

「私、することが……」

「どんな用事か知らないけど、もう五分ぐらいいいでしょう」母親はそっけなく言い、イゾベルが座っていた椅子のシートを軽くたたいた。「座って」

イゾベルは動かなかった。「それで？」

母親はいらだちを苦労して抑えた。「あのホールを見に行く必要があるの」

「だめよ」

「だめってどういう意味？　私が何を頼もうとしているか、まだ知らないじゃないの」

「わかるわよ」イゾベルは椅子の背を必死に握り締めた。「私に連れていけと言うんでしょう？　できないわ」

「どうしてできないの？」

「できないからできないの」焼けるように熱い喉を押さえる。「お父さんに頼んでよ」

「お父さんに？　私が建物をじっくり調べるあいだ待っている時間は、お父さんにはありませんよ。どれだけ長くかかると思うの？　四、五時間になるかもしれないのに！」

「送ってもらって、また迎えに来てもらえば？」

「そのあいだに急な手術が入ったらどうするの？　空き家の中にいて、お父さんが迎えに来る時間を見つけるのをじっと待つの？」

「電話をすればいいじゃない」

「あの建物の電話はまだつながっているの？　あなたは通じると知っているのね」

「いいえ」

「そうなの？　それでも断るの？」

「断るとかの問題じゃないわ……」

「じゃ、なんです？　はっきり断っているように聞こえたけど」

「私……」

それ以上言えないうちに、裏口のドアが音高く閉まり、ヘリオット医師が入ってきた。疲れた様子で両腕を頭の上に伸ばしている。

「やっと終わった」手術のことを言った。「コーヒーは沸いているかい？」

「レンジの上よ」妻が無愛想に答える。彼はけげんそうにイゾベルを見た。

「どうかしたのか？」

「いいえ……」

「どうもこうもないわよ」母親がむっとして口をはさんだ。「娘ならするのが当然のことを頼んだのに、断るんだから……」

「イゾベルが？」

「ほかに娘がいますか？」

「イゾベル」ヘリオット医師は妻の言葉を無視してまた言った。「大丈夫か？　顔が真っ青だよ」

まずい！　イゾベルはたじろいだ。自分の健康について、父が心配することだけはなんとしても避けたかったのだ。

「疲れているだけよ」陽気な口調を装う。「お母さんをフォックスワース・ホールに連れていく時間が本当にないことを、今説明するところだったの。悪いとは思うわ。でも……」

「日曜日に行けばいいじゃないか」ヘリオット医師はそう提案して娘をがっかりさせた。

「日曜日は店を閉めているだろう、イゾベル？」

「そうだけど……」

「名案だわ！」

ミセス・ヘリオットの表情が別人のように明るくなる。イゾベルは逃れようのないことを悟った。

「わかったわ。何時がいいの？　午前中は在庫品調べをする予定だけど」

「二時半に来てもらえる？」

「二時半ね。じゃ、もう帰るわ」

帰途、イゾベルは車を止めなければならなかった。両親の家ではどうにか抑えていた吐き気が耐えられないほど強まったのだ。幸い、連なった生け垣は、たまに通る車から身を隠してくれた。ようやく車に戻ったとき、彼女は涙を流しそうになっていた。

不当だわ。惨めな気持で考える。パトリック・シャノンには、私をこんな目に遭わせる権利はない。私の安息の地に入り込んできたばかりか、母まで陰謀に巻き込むなんて。そのことで私がどれほど屈辱を感じるかを知りながら。

イゾベルは深いため息をついた。これが嘘をついた私に対する彼の罰かしら。それとも私は冷静な判断力を失ったのかしら。彼がフォックスワース・ホールを買おうと決めたのは何カ月も前かもしれない。自分の行動が彼の計画に影響すると思うほど、私はうぬぼれているのかしら。きっとそうなのだ。けれど、彼がホールを買ったのは、単なる偶然以上のものがありそうな疑念はいっこうに消えなかった。

14

「立派じゃない？」

ミセス・ヘリオットは杖《つえ》に寄りかかり、頭上少なくとも十二メートルの高さにアーチを描く天井を見上げた。今にも崩れ落ちそうだが、その線は完全な均衡を見せている。

「私には汚く見えるけど」イゾベルは木で鼻をくくったように答えた。この古い大邸宅のよさはいっさい認めまいと決心したのだ。ここに来たかったわけではない。もちろん母が建物を調べるあいだ、待っていたいと思ったわけでもない。

「汚いのは当然でしょ！」母親はじれったがって叫んだ。「きっと長年掃除していないのよ。ミセス・フォックスワースは気難しいお年寄りだったらしいし、家族もめったに訪ねなかったそうだから、建物は荒廃するばかりだったのね」

イゾベルはあたりを見回した。「本当にこの仕事をする自信はあるの？　大変だと思うわ」

「大変でしょうね」母親がうなずく。「でも、やりがいもあるわ。だから楽しみにしているの。どうせ配色や素材選びを担当するだけですからね。修理のことは、建築士が判断して決めるでしょう」

イゾベルは意外そうに母親を見た。「一緒に仕事をする職人たちも自分で見つけるのかと思ったわ。ミスター……」その名が喉に詰まる。「ミスター・シャノンは一括契約をしないの？」

「たぶんね」母親は部屋を横切ってほこりをかぶったマントルピースに近寄り、さっと指でなでた。「私の言う意味は、自分自身で梯子《はしご》に登って天井の梁《はり》にニスを塗らなくてすむということよ」

イゾベルは肩をすくめた。母は自分の力量以上のことに手を出そうとしている。ヘリオット・デザインは成功しているとはいえ小企業なのだ。ここの内装を手がけるには、デザイナーの集団と、その下請けをする職人が大勢いなくてはならない。

「二階を見に行くけど」ミセス・ヘリオットは扇形の階段に近寄った。踏み段の低い階段は中央の踊り場で左右に分かれ、回廊のある階上に続いている。母親はノートを小脇《わき》に抱えた。「あなたも来る？」

イゾベルはためらった。「私は、いいわ」無関心を装って答える。パトリックの寝室になる場所だけは死んでも見たくない。

ミセス・ヘリオットは顔をしかめて絨毯《じゅうたん》を敷いた階段を上がり始めた。家具はほとんど運び去られているが、重厚な毛織りの敷物を持ち上げようとは誰もしなかったようだ。

母親が回廊のある踊り場に着き、ドアのひとつを開けて姿を消すのを見たあと、イゾベルは右側の部屋に入った。

そこも広大な部屋だが、丈の高いアコーディオンドアで二つの部屋に分けられるようになっている。今そのドアは開いていた。新聞の切り抜きやカタログの散乱する絨毯に、木の椅子の跡が六列残っていた。ここの家具類が競売されたことは、イゾベルも聞いているので、会場になったのはこの部屋かしらと想像した。その跡は部屋をひどくわびしく見せた。

長い窓に近寄って外を眺める。窓ガラスはすすけているが、家からの眺望が大きなセールスポイントになったのは明らかだった。テラスの先に広がる傾斜した敷地の向こうに、ホーシャム谷が見渡せる。スウォールフォードの聖ステパノ教会の塔や、谷間を蛇行してエーボン川と合流する小川も見える。

静かだ。母が二階にいることを知らなければ、自分一人しかいないと思うほど、森閑としている。自宅と違って広いこの建物では、床板のきしむ音も聞こえてこない。その静寂を、ドアの閉まる音が破った。イゾベルは母親の様子を見に行くことにした。

ホールに戻った彼女は、ぎくっと立ち止まった。二度と会いたくなかった男がいたのだ。

彼女に気づいた様子もなく、革ジャケットを暖炉のそばにある壁のくぼみの中に置く。私が裏手の窓の眺めを楽しんでいたとき、表玄関に車をつけたのだとイゾベルは察した。私の車を見たはずだけど、それと気づいたかしら。母がここに一人でいると思ったのかしら。

イゾベルの心臓は激しい鼓動を打っていた。パトリックは黒いジーンズと薄手のシャツを着ている。その姿は、彼女の心の平和にとって危険そのものだった。彼と話すことを考えて、不意に襲ってきた臆病《おくびょう》風を抑えながら、イゾベルは背後の部屋に戻ろうと考えた。彼が母に会いに二階へ行くまで待てばいい。彼と顔を合わせるのは、第三者がいるほうがやりやすい。

だがそのとき、パトリックが向きを変えた。「あっ！」彼も衝撃を受けているのを見て、イゾベルはいくらか胸がすっとした。「ここで何をしているんだ？」彼は襟をゆるめながら近寄ってきた。「好奇心に勝てなかったのか？　強制されないかぎり、君は絶対ここに来ないだろうと思っていたよ」

私が好き好んでここに来たと思っているの？

イゾベルは彼をにらみつけた。「母はまだ運転できないの。ギプスが来週でなきゃ取れないから」

「そう」パトリックは自分の間違いを認めたあと、片手を上げて指の節で彼女の唇をなでた。「簡単には許さないだろう、ベル？　僕に会いに来るわけないよな」

二流映画に出てくる憤慨した独身女のように、イゾベルはその手を払いのけて、後ろに引き下がった。「あなたが来るとは知らなかったのよ。母は代理人に鍵《かぎ》を借りたそうだから」

「そうだ」パトリックは彼女の本能的な反応を無視して両手をジーンズのポケットに入れ、天井を仰いだ。「これはひどい。どんな仕事を引き受けることになるか、君のお母さんが知っていればいいが」

イゾベルは眉をひそめた。パトリックと話をしない決心だったが、今の挑発的な言葉は聞き捨てならない。「母はまだ契約していないでしょう? 入札しただけのはずよ」

「元気か、ベル?」パトリックは質問を無視した。「やせたね。仕事が忙しすぎるのか?」

「母は二階にいるわ」イゾベルも彼のおとぼけをそっくりまねた。「あなたの車の音を聞いたでしょうから、行って自己紹介をすれば?」

「君は聞かなかったんだね」

イゾベルはぽかんとした。「何を?」

「僕の車の音さ」

「だって、奥にいたから」イゾベルはそう言ってから、見物していたのを白状したことに気づいた。

「で、ここが気に入ったかい?」パトリックの緑色の目はどぎまぎさせるほど真剣だった。イゾベルは嘘《うそ》をついても得るものは何もないと判断した。

「うんと手を加えれば」無頓着《むとんちゃく》そうに肩をすくめてごまかす。「建物はまずまずだわ。眺めは確かにきれいね。今、奥の部屋で見ていたの。家の中には、あまり感心するものはないわ」

「僕はそうは思わないね」パトリックはイゾベルの横を回って広い居間に入っていった。「大々的な修理が必要なのはわかっている。大金もかかるだろう。でも幸い、そうするだけの資力はある。いずれ友達や母や姉をもてなすことのできる、居心地のいい家になるだろう」

イゾベルは彼のあとについていくまいと固く決心した。だがパトリックがまた口を開いたとき、無意識に話を聞こうとして、開いた戸口に進んだ。

「この部屋で競売があったんだ」パトリックは彼女が推測したとおりのことを言い、ブーツのかかとで椅子の跡を押さえた。「君は出席しなかったね」

「私が？　出るわけないでしょう」

「出ていたかもしれないと思ったんだ」パトリックは絨毯から目を上げてイゾベルを鋭く見た。「僕は出席した。リチャードは言わなかったのか？」

「リチャード？　だからここに来たの？　私が今もリチャードと会っているかどうか調べるために？」

「違うよ。君がここにいることは知らなかった。お母さんに会いに来たんだ。知っているだろう」

「じゃ、会いに行けば？　私がなぜあなたを引き止めているのか、母は不審に思うでしょうから」

「僕たちが知り合いなのを、お母さんは知らない。そういうことだね」

「そういうことよ」イゾベルは皮肉っぽく言った。「あなたのことを母に話すはずないでしょう？　過ちは自分の胸におさめておくわ」

「あれは過ちなのか？　僕たちは楽しいときを過ごした。あのときは君もそう思っていたようだが」

「それが万事に対するあなたの逃げ口上なのね。自分さえよければ、人の気持はどうでもいいのよ。あのことを持ち出せば、私がいやがるだろうと思わなかったの？　本当に自己中心的な人ね」

「あけすけで申し訳ないが、実際にあったことを話しているだけだ。君が真実をいやがるとしても、僕にはどうしようもないよ」

「じゃ、あなたは真実を気にしたことがあるの？　私にはったりを見破られるのを恐れるときは別として」落ち着くために息を吸い、うんざりした口調で続ける。「この町に何をしに来たの、パトリック？　なぜこの家を買ったの？　私があなたの魅力に抵抗できることが、それほどしゃくにさわるの？」

パトリックは怒りで暗い目つきをした。「気をつけるんだ、ベル……」

「あなたこそ、気をつけなさいよ」

「イゾベル?」

ミセス・ヘリオットの当惑した声をすぐ後ろに聞いて、イゾベルはぎょっとした。母が階下に来ていたのだ。やはり車の音を聞いたに違いない。話をどこまで聞かれたかしら、と彼女は不安になった。

「ミセス・ヘリオットですね」パトリックは片手を差し出した。「ようこそ。パトリック・シャノンです。お嬢さんからうかがいました。家をごらんになっているところだとか」

ミセス・ヘリオットは営業用の笑みを浮かべて彼の手を握った。「はじめまして、ミスター・シャノン。下調べをしていましたのよ」娘に疑わしげな目つきを投げてから滑らかに続ける。「すぐ仕事に取りかかれないかもしれませんが、ご了解いただけますわね」

「ええ」パトリックはうなずいた。「建物を早く見たいのはわかります。実物を早く見れば、それだけ仕事の進め方を検討する時間が増えますからね」

二人が話を続けているあいだ、イゾベルは考えていた。母が彼の説明を額面どおりに受け取らないことはわかっている。私たちの口論が家のことでなかったのははっきりしているのだから。

母親とパトリックは浴室に何を設置するかについて議論している。心理的な影響のせいか、イゾベルは急に浴室を使いたくなった。

「あの、私……」古い電気ヒーターを隠している透かし彫りのついたてを残すか残さないかの議論に割って入る。すると、母はひどく冷たい目を向けた。

「なんです？」

「ミスター・シャノンが一緒だから、あとで戻ってきていい？　そうね、一時間ほどで？」

「何を言うの！」

ミセス・ヘリオットは慌てた。だがパトリックがまた助け船を出した。「僕がお母さんを家に送っていくよ」彼はすぐさま言い、ほっとしたミセス・ヘリオットから目顔の感謝を受けた。

「そうしていただければ……」

「いいですとも」安心させるように言う。だが彼を母と残すことに、イゾベルは懸念を感じた。

「どうもご親切に、でも……」悔しさを隠して言い始める。だが、母は送ってもらうのが当然だと思っている様子だ。

「あとで話すわ、イゾベル」肩越しに言って、はるか向こうの壁にある染みを調べるために歩いていく。「気をつけて運転するのよ」

「外まで送るよ」

イゾベルが正面玄関に行きかけると、パトリックがついてきた。あっちに行っててちょうだい、と言ってやりたいところだが、黙って我慢するしかなかった。それでも自分の一時的な退却にすかさずつけ込む彼のやり方には腹が立ってならなかった。

外に出ると少し気分がよくなった。それに、自分の車に乗って走り去ることができると思うと、大きな安堵《あんど》を感じた。

質素なプジョーのすぐ後ろに、ベントレーが止まっている。ジョーはボンネットに寄りかかっていたが、片手を上げて物憂げに挨拶《あいさつ》した。運転手つきの高級車で送られるときの、母の狂喜ぶりが想像できる。イゾベルはただひたすらパトリックのたくらみを知りたかった。ヘリオット・デザインを本当に使いたがっているとはどうしても思えない。

車はロックしていなかった。だがドアに手を伸ばして自分で開ける前に、パトリックが開けた。開いたドアと車のあいだに筋肉質の体を押し込む。そうなると、イゾベルには彼を動かす方法はなかった。パトリックの運転手が楽しむに違いない騒ぎを引き起こさないかぎり。

「今夜、食事を一緒にしてほしい」

「ばか言わないで！」

「そう言うのは無理もないが、なぜあんなことをしたか説明したいんだ」

「そこをどいて」

イゾベルは礼儀を守る気分ではなかった。めまいが不安を倍加させる。早く座らなければ、彼の前で醜態を演じてしまうかもしれない。

「何を恐れているんだ？」見物人がいることを自分でも意識したように、パトリックは半回転して運転手に背を向けた。「ベル。子供じみたまねはやめてくれ！　また会いたいんだ。それがそんなに我慢できないのか？」

「はっきり言って、そうよ」

「僕を恐れているからだ」

「ばかなこと言わないで！　あなたなど怖くないわ！」

だがイゾベルは恐れていた。感情をいっさい示すまいと努めていても、脚が震えるのを感じた。怖いのは彼が私に及ぼす力、本心を語らせる能力だ。

「じゃ、夕食をぜひとも一緒にしてもらう」

「ぜひとも？」

あきれたように言ったつもりが、声の震えで効果は半減した。

「そう、ぜひともだ。今夜でも明日でも、君の都合に合わせる。いいね？」

「さもないと、母にこの仕事をさせないの？」

「違う！」パトリックは、そんなことを考えた彼女の首を絞めたそうな目つきでイゾベルを見据えた。次に、それからあることを連想したように、唇をゆがめた。「さもないと、君の店を閉めさせる。そう言わせたいんだろう？」

15

僕は意思を通した……でも、その代価は？

私道を猛スピードで走り去るプジョーを見送りながら、パトリックは憂鬱《ゆううつ》だった。また会いたいと願っただけで、なぜイゾベルは僕をこの世で最低の卑劣漢のように扱うんだ？喜ぶのが当然なのに。彼女の立場になりたい女性は山ほどいるのだから。

そうさ。デートの相手には事欠かない。ジョアンナが留守番電話にたびたび残したメッセージに答えなくても。彼女は逆上したことを反省したらしい。だが、とパトリックは冷笑を浮かべた。金に目がくらんで、僕の数多い欠点が見えないのだろう。

イゾベルは僕の欠点を見たから、会いたがらないのだろうか。僕が世界で上位五百のうちに数えられる会社の会長であることに、彼女がなんの魅力も感じていないのは確かだ。かえって、リチャードが装っていたような営業マンだったら、もう少し好意を示したに違いない。

厄介なのは、僕がイゾベルをだましたことだ。それを彼女は許せないらしい。じゃ、なぜこれほど必死に自分の行為を弁明しようとするんだ？　彼女が憎もうと憎むまいと、どうでもいいじゃないか。

「セクシーな人だな！」

ジョーの不謹慎な言葉で、パトリックは自分の惨めな失敗を終始見ていた男の存在を思い出した。彼の怒りは大きくなった。イゾベルはそんな安っぽい言葉で描写されるような女性ではない。

「そのへんでやめておけ」パトリックの口調があまり敵意に満ちていたので、ジョーは両手を上げて身を防ぐまねをした。

「お安いご用ですよ、ボス」ジョーは言った。その声にしょげた様子を聞き取り、パトリックは後悔した。

「すまない。ちょっと虫の居所が悪いんだ」

「そうでしょうね」ジョーはややほっとした様子で同調した。「あれは、たしかイゾベル・ヘリオットでしょう？　ばかなことを言ったのならすみません。でも、もう終わったことだと思ったので」

パトリックはポケットの中で両手を握り締めた。「何が終わったんだ？」抑えた声できく。ジョーはまた出すぎたまねをしてしまったと悟った。

「いいえ、別に」そう言いながらベントレーのドアを引き開け、内部に目を走らせる。「まだ長くかかりますか？　それとも僕も消えましょうか？」

「参考までに言うが、イゾベルとリチャードはなんでもなかったぞ。これで疑問は氷解したかい？」

ジョーはさも憂鬱そうな表情を作って運転席に座った。「帰るときは知らせてください。僕はただの運転手ですからね。何も知りませんよ！」

パトリックは笑いたいのを我慢した。ジョーが単なる運転手でないことは、お互いにわかっている。長すぎるほどの年月と、多すぎるほどの経験を分かち合った友達なのだ。

パトリックがいないあいだに、イゾベルの母親はダイニングルームに入っていた。壁の下端のはがれかけた漆喰《しっくい》を鉛筆でつついている。娘を玄関に送るだけで、こんなに長くかかったことを怪しんでいないだろうか、と彼は思った。

だが、ミセス・ヘリオットが目を上げて彼を見たとき、真っ先に言ったのは家のことだった。「壁紙をはがすと、漆喰も一緒にはがれそうね。調べたかぎりでは、どの部屋もそうだわ。大々的な改修工事が必要ですね」

パトリックは相手の言葉に注意を集中しようとした。壁紙が数箇所はがれているのは知っているが、修繕の技術的なことはわからない。ノートに注釈を書き入れているミセス・ヘリオットにきいた。「ここを買ったのは失敗でしょうか？」

「いいえ、ちっとも。建物自体はしっかりしていますから、改修工事が終われば、自慢できるような家になりますよ」

「自慢できるような家ねえ」パトリックはやや皮肉っぽく繰り返した。だがミセス・ヘリオットは気づいたとしても、そ知らぬ顔をした。

「それに、工事中の家に住まなくていいんですからお幸せよ。持ち家が一軒しかない人には、選択の自由がありませんからね」

パトリックは彼女の言葉を吟味した。「一軒以上の家を持つことは間違いだとお考えですか？」

「とんでもない。ただ、どうしてフォックスワース・ホールを買われたのかと思っただけですよ、ミスター・シャノン。もっとご自分にふさわしい不動産がたくさんあるでしょうに」

「おそらくね。でも、ここに住みたかったんだ」

「フォックスワースのほかの地所を全部買われたからですか？」

「この地域が好きだからですよ」パトリックの口調は少し硬くなった。母親として、ミセス・ヘリオットが娘と彼の関係に好奇心を持つのは仕方がない。だがフォックスワースを買った理由は、自分自身にもまだはっきりわかっていないのだ。

「このあたりをよくご存じなんですか？」

「ある程度は」陰気な紫の壁紙やぼろぼろの壁を見回して、彼はそっけなく言った。「あとはお任せします。帰るとき声をかけてください」

ミセス・ヘリオットがパトリックを捜しに来たのは一時間ほどたってからだった。ホールをもう一度よく検分した結果、自分が人生最大の失敗をしたのではないことを確信し、パトリックはオレンジ栽培用の温室に入っていった。

布製の折りたたみ椅子に腰かけ、片方の足首を膝にのせて、遠くの教会の尖塔《せんとう》を見つめているあいだに、午後は過ぎていった。曇っていた空から雨が降り出している。ぱらぱらと落ちるしずくは防壁となって、彼と壁の向こうの世界を隔てた。

「ミスター・シャノン？」

パトリックはミセス・ヘリオットの杖《つえ》の音が近づくのに気づかなかった。名を呼ばれて、彼女の存在を忘れていたことに気づき、慌てて立ち上がった。

「すみません。ぼんやりしていたので」無理をして愛想笑いを浮かべる。「もうお帰りですか？」

「ええ。ご迷惑でなければ」ミセス・ヘリオットの笑みにも無理があった。「なんでしたら……タクシーを呼んでくだされぱけっこうです。携帯電話をお持ちでしょうから」

「そんなことは、できませんよ」雄々しい言葉でミセス・ヘリオットを安心させながら、パトリックは皮肉っぽく考えた。声をかけられたとき、僕が想像していたのは、イゾベルとシーツの中で抱き合っている光景だったと知っても、この人は愛想よくふるまうだろうか。「調査は全部終わりましたか?」

「ええ、まあ」奥歯にものがはさまったような口調は、彼女が何かを不満に思っていることを示していた。「でも、ほかの内装業者をお探しになったほうがよろしいと思います」

パトリックは眉をひそめた。「手にあまるとお思いですか?　これまで手がけられた仕事よりは、規模が大きいでしょう。最初にかかる経費もご心配でしょうが……」

「私がこの仕事に入札するのは……適切ではないと思うからです」ミセス・ヘリオットが硬い口調でさえぎる。パトリックはののしりの言葉を抑えた。

「適切?　なんのことですか?」

「私の目は節穴じゃありませんのよ、ミスター・シャノン。娘とあなたが知り合いなのはわかっています。お情けで施された仕事はしたくありません」

「お情けの仕事?　どういう意味ですか?」

「おとぼけはよしてください。私は娘をよく知っています。それに、私が下りてきたとき、あなたたちは……言い争いをしていたわ。イゾベルが私のささいな事故のことをお話ししたんでしょう。それで、あなたは援助のためにこの仕事を回そうと……」

「そんなことと違うんだ」パトリックはいらだち始めた。「あなたにはお嬢さんのことがよくわかっていない。彼女が僕に頼み事などするものか!」

ミセス・ヘリオットは不審げな顔をした。「じゃ、私たちが親子なのを、ご存じなかったの?」

「そうは言っていない。でも地元の専門家を使おうと決めたのは、彼女とは無関係ですよ」

「じゃ、なぜ口げんかをしていたんですか?」

「それは僕たちの問題だ。そうでしょう?」パトリックは今やたじたじだったが陽気に答えた。「出口にご案内します」

ジョーは居眠りしていたが、二人が近づくと車から飛び出して大仰な身ぶりで後ろのドアを開けた。「ホーシャムでございますか?」うやうやしい口調でパトリックにきく。

「行き先はこのご婦人が教える」パトリックは乗らずに後ろに下がった。「あとで迎えに来てくれ」小声でつけ加えたあと片手を上げて挨拶《あいさつ》し、向きを変えて家の中に入っていった。


二時間後、ジョーとともに泊まっているストラットフォード・モートハウスに戻り、シャワーを浴びて着替えをすますと、パトリックの気分はいくらか明るくなった。

イゾベルの家の前に着くころには、今夜はうまくいくと信じかけていたほどだった。二人とも子供ではない。それに、イゾベルに対して正直になれば、彼女は理解を示すようになるかもしれない。

冗談じゃない。フォックスワース・ホールを買った理由をイゾベルに説明する義務があるわけじゃない。なぜ彼女は僕の気持をわかろうとしないのか。そして、二人の関係を違ったものに高めようとしないのか。

じゃ、どんなものにだ？

車のドアを押し開けて外に出たとき、パトリックはその答えがわからないことを不本意ながら認めた。わかっているのは、ただイゾベルに会う必要があること。フォックスワース・ホールを買えば、その手段になりそうに思えたことだけだった。

ミセス・ヘリオットにあんなことを言いはしたが、パトリックが秘書にヘリオット・デザインと連絡を取らせたのは、意図的にしたことだった。イゾベルの家庭環境について予備的な照会をしたとき、彼女の母親が自分で事業を経営していることを知ったのだが、こんなに早く立場を明らかにするつもりは、もちろんなかった。その午後イゾベルが母親の運転手を務めたことは、彼にとって不運としか言いようがなかった。同じ運の悪さが、イゾベルとの口論を母親に目撃されるという事態を引き起こしたのだ。

それでもイゾベルの母親と会った結果、パトリックは彼女が娘と全然似ていないことに気づいた。イゾベルなら、あなたはうちの娘とかかわりがありますか、などという無遠慮な質問を決してしないだろう。しかも、僕とイゾベルにはなんのかかわりもないんだ。パトリックはそう自分に念を押しながら、庭の門の掛け金をはずして小道を歩き出した。自分たちの関係を深刻に取る女性は、誰であろうとかかわりを持つつもりはない。

ポーチに着くとドアが開いたので、パトリックはイゾベルが自分を見守っていたことを知った。だが固く肝に銘じた。それは思いやりからではない。また僕にベッドに誘われるのが心配だったからだ。

イゾベルはドアに鍵《かぎ》をかけるのを口実にして、彼に背を向けた。夜を厳しい言葉で始めるのは無意味だ。パトリックはそう考えて、小道を戻り始めた。

いずれにせよ、そんな論拠がばかげているのは自分でわかっていた。午後はなごやかな別れ方をしなかったものの、自分がイゾベルにまた会うときを待ちこがれていたことを、パトリックは知っていた。二人が短く交わしたまなざしは、とうてい友好的なものではなかったが、彼は二人の不和を水に流したいと心から願っていた。

イゾベルはリチャードと夕食をしたときのドレスを着ていた。あの不名誉な場面を思い出させるために、わざと選んだのだろうか。パトリックは疑った。どんな意図にせよ、柔らかいドレープのある身ごろと足首まで丈のある裾《すそ》は非常に女らしく、抑えたブロンズ色は上に重ねた濃紺のジャケットとよく調和している。

彼女の髪にも似合う色だ。その髪は仕事中のように後ろで編み込まれている。そのほかには？　パトリックはひねくれた思いで考えながら、イゾベルを通すために門の扉を押さえていた。なぜここに来たんだろう。吐息をついて自分に尋ねる。なぜこんなことをしているんだろう。こんな努力を払う価値が、彼女には本当にあるのか。それとも僕の頭が一時的におかしくなっているのだろうか。

イゾベルは無言だった。夜をとげとげしい沈黙の中で過ごしてはならないと気づき、パトリックはベントレーの助手席のドアを開けながらわざと彼女の目を見た。「今日の午後はすまなかった。いつもはあんな不愉快な態度をとらないんだ。純粋に挫折《ざせつ》感のせいだと思ってほしい」

「あなたが純粋さなんてものを持ち合わせているかどうか、疑問だわね、ミスター・シャノン」イゾベルは車に入りながら鋭く言い返した。次に、口論を続けるのがおっくうだと言わんばかりに、柔らかい革張りのシートに頭をもたせかけた。「それに、母を巻き込んだことで当然の報いを受けると思うわ。言っておくけれど、普段の母はあんなにおとなしくないのよ」

パトリックは長い体を折り曲げて彼女の横に座りながらにやりとした。「ああ。おとなしいなんてものじゃないね」彼はこの話を続けるべきかどうか迷った。それから一《いち》か八《ばち》かに賭《か》けることにした。「お母さんは、あの仕事をするよう、君に勧められたみたいなことを言っていたよ」

16

イゾベルは息をのんだ。「母がそんなことを言うはずないわ！」

「本当にそう言ったよ」パトリックはエンジンを始動させた。「お母さんは、君と僕が親しい仲だと思ったようだ」

「まあ、いやだ！」

イゾベルはみぞおちを押さえた。こんなことが起こりそうな気はしていたが、その不安が当たっていたことを聞くのは、予想をはるかに超える不安を感じさせた。母が予想外なことをしかねないのはわかっていたが、娘としては、今度の場合もう少し控えめにふるまってくれることを願っていたのだ。

イゾベルは自宅に帰ったあと電話に出なかった。電話は五、六度かかってきた。母は連絡しようと躍起になっているらしかった。運転できたら会いに来たに違いない。

「とにかくそんな事情なら、この仕事はできないとお母さんは言うんだ」パトリックは言葉を続けた。「残念ながら、理想的な別れ方ではなかった」

「なぜ？　母には話さなかったでしょう……？」

「あなたのお嬢さんと寝ましたと？　冗談じゃない！　恋人の母親にそんなことを話せるものか。どう言うんだ？　ところで、六月にイゾベルを誘惑しました。でも、それ以来会っていません、とか？」

イゾベルは頬がかっと熱くなるのを感じた。「私はあなたの恋人じゃないわ」

「ああ、恋人じゃない。それに正確を期すなら、そのあとも会っている。僕の計算では二度だ。別に記憶しなきゃならないような機会ではなかったがね。もし過去を忘れることができれば、楽だろうな」

「でも、できないでしょう？」イゾベルの口調はどうしてもぶっきらぼうになった。「私のことを、こっけいなほど傷つきやすいと思うでしょうけど、利用されたと思うとやりきれないの。いくらリチャードと私が不倫をしているかどうかを確かめるにしても、あんな過激なことをする必要があったの？」

「あったさ！」パトリックの答えには思いがけない激情がこもっていた。イゾベルはハンドルを握る彼の指の関節が白くなるのを見た。「姉を喜ばすためぐらいで君をベッドに連れていくと思うのか。君がほしかったからだ！　今もほしい」

「あなたの言うことは信じないわ」

「それはこっちのせりふだろう？」パトリックは不意に唇を皮肉っぽくゆがめた。「なぜ嘘《うそ》だと思うんだ、ベル?」

「夕食を一緒にしていた女性はどうなの? 本当の恋人でしょう」

「ジョアンナか?」

「名前までは知らないけど」

「彼女がどうしたんだ? ジョアンナに僕をひとり占めする権利はない」

「そうかしら。彼女は、そうは思っていないようだったわ。彼女と寝たことがないなどと言っても無駄よ。あなたの言葉は信じないんだから」

パトリックはため息をついた。「ジョアンナとのことは、この話となんの関係もないよ」いらだたしげに言い、車の流れに注意を集中する。ちょうどストラットフォードに向かう道路へ入ろうとしていた。「確かに、僕たちは長年つき合っている。でも彼女は僕の生活を支配していない」

「つまり、お互いを拘束しない関係なの?」イゾベルの口調には悔しさがにじんだ。

「何か異存があるのか?」パトリックは硬い口調できき返した。イゾベルは自分の質問が彼を怒らせたことを感じた。「もっとはっきり言えば、あのクラブの夜以来、僕たちはベッドをともにしていない。もう話題を変えないか?」

「なぜ? 彼女のことを話すとつらいから?」

「そうじゃない。まったく反対だ」パトリックはののしりの言葉をつぶやいてイゾベルをにらみつけた。「君はリチャードとまた会っているのか？」

「冗談じゃないわ！」

「何を怒っているんだ？　僕に同じことをきいておきながら、腹を立てるのか？」

「同じじゃないわ。私はリチャードを知っているというだけよ。あなたの代理人としての」

「でも、結婚していることも知っていた。僕たちが初めて会ったとき、リチャードの娘の名を出したんだからな」

「スージーのこと？　そうよ。でも、奥さんとはうまくいっていないと言ったわ。それで何度もデートに誘われて、根負けしたのよ」

「なぜ負けたんだ？」

イゾベルは頭を昂然《こうぜん》とそらした。「きっといやな経験をしたので、安らぎがほしかったのかもね。結局は得られなかったのだけど。そうでしょう？」

「どういう安らぎを求めていたかによるよ。こう言えば慰めになるなら、僕も同じものを求めていた」

「あなたが？　あなたに安らぎなんか必要ないわ。なんでも支配していて、したくないことはいっさいしないのだから」

「そんなことが君になぜわかる？　僕の深層心理が読めるのか？　見当はずれもいいとこ

ろだよ」

「どうして？」

「どうして、だと？」パトリックはイゾベルをにらみつけた。「自分の感情を支配できたら、僕はここに来なかっただろう。君が僕の仕打ちに怒っているように、僕も君の仕打ちに腹を立てているんだ」

イゾベルは息をのんだ。「どういう意味？」

「わかっているはずだが。まあいい、すっかり説明しよう。君は僕がジリアンに頼まれて会いに来た、と考えた」

「ジリアン？」

「僕の姉でリチャードの妻だ。夫と不仲だとされている妻だよ。確かに、リチャードとジルは結婚当初からもめていた。でもジルはいつも許しているし、リチャードも離婚する気はない」

「じゃ、私が最初じゃなかったのね。彼が……」

「彼が恋愛関係を持ったのは？　そうだ。君が初めてではない」

「恋愛関係にはほど遠かったわ」

「それは認める」パトリックは町の中心に向かう車線に入るために神経を集中した。もうストラットフォードの郊外に来ている。「でも、僕が介入しなければ、どうなったかわからないだろう?」合流点を通りすぎてから続けた。

「どうもなりはしなかったわ。それはそうと、どこに行くの? 私はスウォールフォードにまた行くんだと思っていたわ」

「川岸に僕の知っているレストランがあるから、そこに行こう」パトリックは気楽に答えながら、大通りの手前で狭くなった道路を通るためにまた減速した。右折の指示を出して立体駐車場に入っていく。「ここから歩こう。そんなに遠くないから」

あたりはまだ明るかった。観光シーズンのさなかだ。といっても、シェークスピアの生誕地を見物する人々は年中絶えることがない。屋根のないバスで観光地めぐりをしたり、川辺を散歩してエリザベス女王時代の雰囲気に浸ったりできる夏場のほうが混み合うのは確かだ。だがシェークスピアのファンは冬も大挙して劇場を訪れ、町で買い物を楽しむ。

二人が食事をしたのは、イゾベルが評判だけを耳にしていたレストランだった。小さくて地味な店だが空席待ちの行列が人気の高さを示している。パトリックはためらいなく列の先頭に行った。予約をしてあるのは明らかだ。

これからの夕べは神経が疲れるに違いない、とイゾベルは覚悟していたが、間もなくパトリックの巧みな誘導で、店についての計画を話していた。彼女をからかったり困らせたりしていないときのパトリックは驚くほど楽しい連れだった。

イゾベルに任されてパトリックが選んだ料理は絶品だった。まず温製のかにとロブスターのムース。次は薄切りにしてオレンジソースをかけた子鴨《こがも》のロースト。デザートのライスプディングには、クリームと欧州産の黄色い種なしぶどうが添えてある。

コーヒーが来ると、パトリックはどういうわけか急に黙り込んだ。彼がカップに砂糖を入れてかき回すのを見ながら、イゾベルは何を考えているのだろうかといぶかった。

「行こうか?」

「いいわ」

パトリックは椅子を立って彼女の手助けに来た。イゾベルは機先を制そうとして、コーヒーポットをひっくり返しそうな慌てようで立ち上がり、先にドアへと向かった。

外はもう暗かった。散歩する人々も少なくなっていた。そのおかげで、肩を並べて歩いても体が触れ合うことは避けられた。それでも、イゾベルはパトリックの視線を感じた。

「次の週末はどうするんだ?」

「まだわからないわ」

もちろんわかっている。この週末と同じように、少し買い物をして、掃除をする。きっと在庫調べも少し。でも母をフォックスワース・ホールに送ることだけは絶対にしない。

「うちのパーティーに来ないか? 今週は忙しいが土曜日までにはどの仕事も片づくから」

イゾベルはいらいらした。この人は何を考えているの? 普通のカップルのデートじゃあるまいし。私が今夜夕食を一緒にしたのは、店から立ちのかせると脅かされたも同然なせいだと知っているくせに。

「ご招待ありがとう。でも……」

「でも、断るんだな。どうしてだ？　今夜は楽しかったんだろう？」彼はため息をついた。

「僕たちはとてもうまくいっていると思ったけどな」

「そうかもしれないけど、もう会いたくないの」

「ばかな！」パトリックは避けようとする彼女の腕を取って道路を横断した。「僕のふるまいは軽率だったかもしれないが……」

「軽率なふるまいですって？」イゾベルは怒って叫んだ。「あれはそういうことなの？」

「だが、レイプではない。僕たちは歓《よろこ》びを与え合った。それがなぜいけないんだ？」

「なぜだかは、わかっているはずよ……」

「わからないね」

「そんなこと信じないわ。だいたい……」若者の一団が行く手をさえぎった。彼らが遠ざかるのを待って続ける。「私にまた会う気などなかったくせに。私がリチャードと、あなたの行きつけのクラブで食事しているのを見るまでは」

「そんなことが、君にわかるはずないだろう？」

「わかるわよ」二人は立体駐車場に来ていた。イゾベルは不安を感じながら七階に向かうエレベーターに乗り込んだ。エレベーターが上昇を始めたとき、彼女は威圧されまいと決心してパトリックを見上げた。「フォックスワース・ホールを買おうと決めたのはいつなの？　きっとクラブのロビーで、あの口げんかをしたあとでしょ！」

パトリックの目つきが暗くなった。「僕があの建物を買ったのは君のせいだと思っているのか？」

イゾベルは自分の出すぎた言葉に気づき、赤面しながら目をそむけた。「どうでもいいわ。もう会わないんだから。好きなように脅迫しなさいよ。でも私の生活は支配させないわ」

「そんなつもりはない！」パトリックは腹立たしげに叫び、彼女の首に手をかけて顔を自分のほうにあおむかせた。

警戒心と狼狽《ろうばい》で、イゾベルが目を大きく見開いたとき、唇が重なった。この人にこんなことをさせてはならない。彼女は自分に命令した。誰の支配も受けないわ。今夜が終わったら、二度とこんな立場には陥らない。

だが押しのけようとした手は、彼の体を包む温かいシルクに触れると持ち主を裏切った。イゾベルは汗ばんだ手の下に引き締まった筋肉を感じた。

言葉で逆らおうとしたができなかった。彼の舌が歯のあいだから滑り込むと、イゾベルは、パトリックが自分の一部になっていたとき、その舌がどんなことを感じさせたかを思い出した。

　パトリックは彼女の全体重を抱えてエレベーターの壁に寄りかかり、深くキスできるように彼女の後頭部を傾けた。やがてイゾベルは抵抗する意思を失った。二人は熱い愛撫《あいぶ》におぼれていった。

　エレベーターが止まった。開いた扉から冷たい空気が流れ込んできたとき、パトリックは超人的な努力でイゾベルを押し離した。彼女は少し戸惑いながらコンクリートの床に出た。

　心の平衡を取り戻すのは、彼のほうがいくぶん遅かった。車のところに着くころ、エレベーターの壁に寄りかかったせいで彼の上着がどうなったかに気づくほど、イゾベルは冷静になっていた。

「スーツがすっかり汚れているわ！」イゾベルは反射的に彼の袖《そで》を手で払おうとした。

「スーツなんかどうでもいい」パトリックはぶっきらぼうに答えて上着を脱ぎ、後部座席に投げ入れた。「乗って」ドアを押さえて促す。イゾベルはそれ以上何も言わずに助手席に座った。

　町を出るまで、パトリックは口をきかなかった。運転に専念するためか、それとも物思いにふけるためか、イゾベルには判断がつきかねた。

「すまなかった」やがてパトリックが言った。スーツの袖を払おうとしたときのことを謝っているのかとイゾベルが思ったとき、次の言葉が彼女の思い違いを訂正した。「僕には、エレベーターの中で抱き合う癖はないんだ」

「私にだってないわ」

「それはわかっているよ。ただ……君が、正当化できないようなことを僕にさせるんだ」

「なんのこと？」

「つまり、フォックスワース・ホールを買ったいきさつは、君の推測どおりだ」パトリックは言葉を切って道路を見据えた。ダッシュボードのほの暗い明かりの中で、彼の顔は緊張していた。「だから、もう会わないなどと言わないでくれ。僕たちはつき合いを正しい方向に修正すべきだ」

「二度とあなたとベッドに入らないわよ」

「そう誓えるかな？」

「どういう意味？」

「いいんだ」パトリックはあきらめたようにハンドルから片手を上げた。「今は次の土曜日のパーティーに来ることだけを承知してほしい。六時半に迎えに行く。それでいいか？」

17

　眠れない夜を過ごしたあと、イゾベルは月曜日の朝早く家を出た。店になら、母が電話をしてくることはない。クリスのうわさ話好きは、母も知っている。娘の手伝いの店員が電話を取るかもしれないことを警戒しているからだ。

　そのうえ、母が店に電話をかけてきたとしても、忙しさを口実にして切ることができる。母の話は人前で聞かないほうがいい。イゾベルも、母親と話すことをいつまでも避けられないのはわかっていた。

　というわけで、月曜日の夜、彼女はやむなくかかってきた電話を取った。母に説明する義務があるからだと思うことにした。しかし、パトリックからかもしれない、と思ったのが正直なところだった。

「どこに行っていたの、イゾベル？」娘が応答するや、母親は先制攻撃をかけた。「昨夜《ゆうべ》、十二回も電話をかけたのよ。家にいたのはわかっています。お父さんがミスター・ラティマーの往診に行く途中、あなたの車が門のところにあるのを見たんだから」

こういう話になると必ず起こる吐き気を感じて、イゾベルはため息をついた。「外出していたのよ」論点を避けても無駄だと観念してつけ加える。「パトリック・シャノンと食事したの」

「パトリック・シャノンと?」ミセス・ヘリオットは驚くというより、ショックを受けたらしかった。「それなら……あの人と友達づき合いしていることを、フォックスワース・ホールに行く前に話してくれればよかったのに」

「友達というほどでもないの。私……私たちが一緒に出かけたのは、昨夜が初めてなのよ」

「お母さんは信じないわ。どんなことで知り合ったの? あの人、あなたになんの用があるの? あなたのようなタイプに魅力を感じているとは思えないけれど。それとも、うぶだからだましやすいと考えているのかしら」

イゾベルは傷つくまいとしたが、母親の言葉はやはり胸に刺さった。つらいのは、その言葉がパトリックとの関係に対する、彼女自身の不安を反映していることだった。

「彼が店に来たの。私の魅力については、外見の美を求めない男性だっているはずよ。私を知的だと思ったのかもしれないわ。それがそんなに不思議なことかしら」

ミセス・ヘリオットは言い方がまずかったと思ったらしく、慌てて取り繕った。「あなたに魅力がないと言ったんじゃないのよ。ただ、このあいだ話した記事の中の写真に、あの人がもっと大人っぽい魅力を持つ女性と写っていたからなの。それに私が受けた印象では、隠し事をする人のようだし」

「彼が私を知っていることを、お母さんに言わなかったから?」イゾベルが追及すると、母親はいらだたしげに鋭く息を吸った。

「根拠はありませんよ。でも、ああいう男が求めるものは決まっているの。それを覚えておきなさい」

「何を言いたいの? セックスのことなら、そう言えば? パトリック・シャノンが相手に不自由しているかどうかは疑問だけど」

「あきれた! なんて下品なことを言うの。でも、お母さんの言葉に間違いはありませんよ。あの男には下心があるわ。あなたはあの人の意図を不純だと思わないかもしれないけれど、私はそれほど世間知らずじゃないのよ」

イゾベルは電話を切りたくてうずうずした。母の言葉を聞いていると、すべての疑念がよみがえってくる。昨夜はもっとしっかりしていればよかったとすでに後悔が頭をもたげていた。

「で、いつまた彼に会うの?」ミセス・ヘリオットがきく。「また会うつもりでしょうね。そんなにむきになってかばうところを見ると」

「むきになど、なっていないわ!」

「でも、また会うんでしょう?」

「そうよ。土曜日の夜にパーティーに連れていってもらうの。やっと人と交際できるのだから、喜んでくれると思ったわ」

「あんな男と!」

ミセス・ヘリオットの口調があまりに非難がましかったので、イゾベルはかっとした。

「あの人じゃなぜいけないの? 年齢的にはつり合いが取れているし、独身なのよ。申し分ないじゃないの」

「パトリック・シャノンにプロポーズされるかもしれない、という意味じゃないでしょうね」

「ばかなことを言わないで」今は母がどう思おうとかまわなかった。ただ自分の悔しさをいくらかでも消したいだけだった。「彼は私とベッドに行きたいのよ。お母さんの言うようにね!」


憂鬱《ゆううつ》な一週間だった。

いつになく晴天続きの天候は雨に変わった。イゾベルの店を訪れる客も減少した。土砂降りの雨のホーシャムを散歩したい人はまずいない。一週間前にはホーシャムを休憩地としていた観光バスも、今では屋根つきの商店街があるオックスフォードやストラットフォードまで走っていく。

それに加えて、イゾベルは体調からくる不快感とパトリック・シャノンにその責任があるという疑念にうんざりしていた。

水曜日にギプスが取れると、母親は真っ先に娘の家を訪ねた。イゾベルは母親が仕事の遅れを取り戻すために、訪ねてくる時間がないほど忙しくなるのを願っていたが、有能な秘書が代わりを十分に務めていた。母も急いで仕事に戻る気はなさそうだ。

たとえそうでも、母親の訪問は短く、本人にすれば不満足なものだった。店で客の来ない二日間を過ごした今、イゾベルは愛想よくする気分ではなかった。パトリック・シャノンをさげすんだわけではない、と母親がなだめるのも無視した。彼女はかなり傷ついた様子で帰っていった。イゾベルは遠からず償いをする必要があることを悟った。

その週が過ぎるにつれて、イゾベルはパトリックの招待を受けたことを後悔し始めた。あの心をかき乱す姿が目の前にないときは、彼に説得された自分が不可解でならなかった。

だが、断りの電話を入れようにも、彼の自宅の番号は電話帳に載っていない。シャノン・ホールディングスに電話して伝言を残すのはそっけなさすぎる。

金曜日に新しい服を買うことにしたのは、そんなわけだった。パーティーに出るしかないのなら、恥ずかしくないだけの装いをしたい。母が言ったことを気にしたわけでも、パトリックにほめられたいわけでもない、と自分に言い聞かせた。

その結果、イゾベルは金曜日の午後、店を早く閉めて、二十五キロ離れたストラットフォードにプジョーを走らせた。パトリックと来たときの立体駐車場に車を止めて、エレベーターではなく階段を使った。この前の日曜日の夜に起こったことを思い出す必要はない。土曜日の夜に起こるかもしれないことを予想したいとも思わない。

大通りのはずれの小さなブティックに、探していたようなドレスがあった。若い客層を対象にしているらしく、合成繊維のベストや革のミニスカートを扱っている。だがそれに交じって大人っぽいスタイルのものもたくさんあった。

イゾベルは最終的に選んだ二着のうち、どちらを買おうかと迷った。一着はクリーム色の畝織りのシルクでできたミニドレスで、袖《そで》がなく襟が丸くくれている。もう一着は黒いシルクジャージーのミモレ丈のシースドレスで、白い縁取りがあり、巻きつけて着るようになっている。

二着ともよく見えた。心を引かれたのはミニドレスのほうだった。だが優雅さの点で、シルクジャージーのドレスの半分にも及ばない。それに黒いドレスのほうが自分らしさを感じる。

美容院の前を通ったとき、イゾベルは髪を切ろうかと考えて思い直した。新しいドレスは必要でも、イメージチェンジまでする必要はない。パトリックが見慣れている女性たちと張り合っている、と母に思われたら心外だ。

それでもやはり土曜日の夕方になると、イゾベルは時間をかけて髪をゆるく巻き上げた。ねらいどおりの効果を上げるには百本ほどにも思えるヘアピンが必要だった。だが最後の一本を留めたとき、髪型は安定しているばかりか無造作に見えた。

化粧にはもっと時間をかけた。クリームファンデーションを塗り、黒いアイライナーで目を強調する。マスカラは長いまつげの先だけにつけ、こはく色のルージュで口元をはっきりさせた。

最後に、顔をこすって化粧を台なしにしないように気をつけながら、ドレスを着る。巻きつけて着るドレスは豊かな胸を引き立てるが、イゾベルは縫い目のないブラでその豊かさを押さえた。

不透明なストッキングは足首の形だけを見せ、ヒールの高いストラップシューズは背をさらに数センチ高くする。鏡の前でくるりと回りながら、イゾベルはわくわくした。これほど洗練されて見えたのは初めてだった。

ハンドバッグにくしを入れていると、玄関のベルが鳴った。イゾベルは急に不安になった。本当にこの格好でいいかしら。このドレスはジャスパー・コンランやダナ・キャランのドレスに見劣りしないかしら。そういうドレスはロンドンでしか手に入らない。パトリック・シャノンの姉はきっとパリで服を買っているだろう。

今さらそんな心配をしても手遅れだ。イゾベルはそう決め、鏡の中の自分に顔をしかめてから、階段をゆっくり下りた。髪が乱れるといけないから急げないのだ、と自分に弁解する。だが実は、パトリックに見られる瞬間を遅らせているのだった。彼に感銘を与えられないことが、それほど心配だった。

意を決してドアを開け放つ。「もう出られるわ」言葉は唇に凍りついた。外にいたのは、パトリックではなく、彼の運転手だった。

「こんばんは。ジョー・マザンブです」

「知っているわ」イゾベルはちらっと吐き気を感じた。「パ……あなたのボスは来なかったの？」

「代わりにお迎えに来ました」ジョーは申し訳なさそうに言った。「会長は急な会議に出ていまして」

イゾベルの疑いはまた首をもたげた。「急な会議に？　どこでなの？」

「会社でです」ジョーは打ち切るように言い、門のところに止めてあるベントレーのほうを身ぶりで示した。「せき立てるようですが、二、三分遅れそうなので」

イゾベルはまだためらっていた。土曜日の午後六時半に開かれるのはどういう会議だろう。パーティーが開かれる場所、そしてパトリックと落ち合う場所もききたい。だが、ジョーはもう門にたどり着いている。彼を遅れさせるのは無作法だ。彼女は玄関に鍵《かぎ》をかけ、ジョーのあとを追った。

ベントレーの後部座席に乗るのは初めてだった。助手席に乗りたかったが、ジョーが後部のドアを開けて押さえている。途中でパトリックも乗ってくるのだ。ちらっとそう考えて、イゾベルは安心した。だが、ジョーの言った会議の場所を思い出したとき、彼女はこめかみがずきずき痛むのを感じて、パトリックの行動を先読みするのをあきらめた。

ジョーは音楽をかけた。ドビュッシーの練習曲の柔らかな調べは、愚かな不安を消し去った。パーティー会場までパトリックが運転しようとジョーが運転しようと、どんな違いがあるの？　パトリックと早く会いたいとは思っていない。それにジョーと雑談する義務があるわけじゃなし。

疲れた身で快適な乗り心地の車に乗っていると、まぶたが重くなった。やがてイゾベルは目を閉じて頭を弾力のある革の座席にもたせかけた。二、三分だけリラックスしよう。ジョーに行き先を尋ねるのは、そのあとでいい。

ほかの車両の振動が眠りを破った。見覚えのあるバスの外観から、イゾベルはロンドンに来ていることを悟った。

まばたきをして現在位置をつかもうとしたあと、彼女は身を乗り出してジョーの肩に触れた。「ここはどこ？」すきだらけな姿勢で長時間眠っていたことに愕然《がくぜん》としながらきいた。

「ナイツブリッジです」ジョーは簡潔に答え、バスを先に行かせるためにブレーキを踏んだ。「もう二、三分で着きますよ」サイドミラーの中の目が笑いじわを寄せる。「音楽で眠くなりましたか？」

イゾベルはぐっと息を吸った。「あと二、三分でどこに着くの？　パーティー会場はどこ？」

「知らないんですか？」ジョーは彼女の表情を見て慌てて説明した。「ローリストン・スクエアにあるパットの家です。ご存じではなかったんですか？」

18

「パトリックの家で？」イゾベルはあっけにとられてぼんやり繰り返した。

「ええ」ジョーが探るように目を細める。「聞いてなかったんですね」

「私はまた、ホーシャムの近くのどこかだとばかり……」その言葉がいかにも愚かしく聞こえるのに気づき、イゾベルはつばをのみ下してから、こわばった声で言った。「帰るときも送ってくださる？」

ジョーが肩をすくめる。「ご希望なら」

「ええ、ぜひ」パトリックには再びだまされたけれど、彼の家に泊まる意思は絶対にない。イゾベルはほかのことでもだまされているような気がした。パーティーは本当にあるのかしら。それとも、私をおびき出す口実かしら。

最初の疑問はすぐ解けた。ウインザー・コートからローリストン・スクエアに曲がると、駐車スペースは皆無に見えた。二、三台のフェラーリから一台のマセラッティを含む、あらゆる種類の高級車が並列駐車している。大きな車体の影は、広場の中央の小さな花壇を完全に覆っていた。

日も落ちていた。ちらりと見た腕時計は八時過ぎを指している。困ったわ。一番遅く着いた客は私かもしれない。どうしても入らなきゃならないのかしら。パトリックがずっとそばにいてくれるといいけれど。社交の場に慣れていないイゾベルは、心からそう願った。

ジョーも並列駐車するしかなかった。イゾベルがあまり震えているので、彼は車を降りてドアを開けた。「気楽に考えることですよ。パットはそんなに悪い男じゃない。本当です。長年、友達づき合いをしている僕が言うのですから」

イゾベルは悔しそうにジョーを見た。「そんなにはっきりわかるかしら?」

「気後れがですか?」ジョーはにやりとした。「少しだけね。でも、そんなものは忘れて楽しんでください。パットはあなたのために、このパーティーを開いたのだから」

「私のために?」

イゾベルは喉が締めつけられるような気がした。ジョーは手を貸して彼女を道路に降ろした。「そうですよ。パットはパーティーが嫌いなんです」

「じゃ、なぜ……?」

そのとき、背後で丈の高い優雅なテラスハウスのドアが開き、あふれ出た明かりが二人を光の輪の中にとらえた。その明かりをさえぎりながら、パトリックが石段を駆け下りてきた。

「来ないのかと心配していたよ。でも、来たからもういい。君に楽しんでほしいと思っている」

ジョーがイゾベルの袖《そで》に触れた。「何時に帰りたいですか?」

「イゾベルの帰りは心配しなくていい。僕たちで手配するから。車は使っていい。君のぽんこつ車より乗り心地がいいから、ルシールが喜ぶだろう」

イゾベルはためらいがちに言った。「私がジョーにお願いしたのよ。帰りも送ってほしいと……」

「もういい」パトリックはかんしゃくを精いっぱい抑え、彼女を促した。「行って何か飲もう」

イゾベルは彼のあとについて石段を上がりながら、すがるような目でジョーを振り返った。ジョーが片手を上げて別れを告げる。明るい玄関に着くと、また気後れが戻った。彼女はあきらめるばかりで決断力のない自分が恨めしかった。

でも、帰りたいときはタクシーを呼んで駅に行けばいいわ。そう思いついて安心したとき、パトリックがドアを閉めた。彼女は周囲を見回して茫然《ぼうぜん》とした。そこは、頭上にシャンデリアがきらきら輝くホールだった。見たこともない優雅な世界だ。

「とてもきれいだよ」パトリックは彼女を放そうともせずにかすれた声でほめた。イゾベルは突然、彼がジョーを返したことが嬉《うれ》しくなった。

「本当？」

「このおしゃれは僕一人のためなんだね。ここにいるのが僕たち二人だけだといいのに」

その言葉で、イゾベルは二人だけではないことを思い出して不安げに周囲を見た。「お客さんたちはあなたがどこに行ったかと思っているかしら？」

「たぶんね」パトリックが天井を見上げたので、イゾベルはざわめきが頭上から聞こえることに気づいた。「行こう。みんな君に会いたがっている。気が重いだろうが、僕がずっとついているからね」

二人は支柱に繊細な彫刻のある階段を上がった。奥に通じる廊下と同様、階段にもふかふかした豪華な絨毯《じゅうたん》が敷かれている。

鏡板を張った両開きのドアの内部は、家の正面から裏まであるように見えるほど大きな部屋だった。イゾベルはそこに人々がぎっしり詰まっているような印象を受けた。みんな談笑したり飲み物を楽しんだりしている。夕食はビュッフェ形式で、料理が部屋の片側に並べて用意されていた。ハイファイ装置の音楽がムードを盛り上げている。

二人が部屋に入ると、入口近くの一団がすぐ仲間に誘い入れた。イゾベルは身元調べの質問を受けるだろうとひそかに心配していたのだが、そんなことをする人は誰もいなかった。

誰かがイゾベルの手にグラスを渡した。それがシャンペンだったことに、彼女はあとで気づいた。イゾベルは自分でも意外なことに、気楽に談話に加わっていた。恐れていたような堅苦しい紹介もなかった。パトリックの友人たちは、なんのためらいもなく彼女を受け入れたのだった。

唯一の個人的な質問は、イゾベルがつけていた銀のイヤリングを、ある女性がほめたときに出された。アクセサリーを店に委託している老人が作ったものだと説明すると、彼女が販売するものについて、さらに二、三の質問があった。その人たちはイゾベルのささやかな事業に本当に興味を持っているわけではない。店の一年分の売り上げを投入しても買えないほど高価な宝石をつけているのだから。

来客たちはイゾベルに好奇心を持ったにしても、それを示すのを遠慮していた。また、彼女が主賓であることをパトリックは隠さなかった。やむを得ずそばを離れるときは、誰かがつき添うよう気を配った。何も知らなければ、イゾベルは彼が自分を恋人として公表していると思うところだった。

この人たちは、私がどんな立場でこのパーティーに出席していると思ってるかしら。間もなく飽きられてしまうパトリックの目新しい愛人として？

不意に背筋がぞっとした。イゾベルは招待を受けたことをつくづく後悔した。パトリックの目下のおもちゃだと思われるなんて耐えられない。

「大丈夫かい？」

彼女の動揺を感じたかのように、パトリックが横に来た。黒いスーツ姿の彼はこれまでになく魅力的だった。イゾベルは途方もないことに、彼に焼き印を押したくなった。

「そうすればいい」パトリックは彼女が懸命に隠そうとしている心のうちを読んでささやき、周囲を気にする様子もなく頭を下げて唇を重ねた。

「やめて」息がつけるようになると、イゾベルは文句を言った。だが返ってきたのは、からかうような目つきだけだった。

「いいよ。時間はたっぷりあるから」パトリックは通りがかったウエイターのトレイからシャンペンのグラスを二つ取った。「このパーティーはどう？　楽しいかい？」

イゾベルはグラスを受け取り、それが二人を隔ててくれることに感謝した。「そうね……おもしろいわ。この人たちをみんな知っているの？　この部屋に五十人はいそうだけど」

「実際は八十人近くいる。全員を知っているわけではない。大半は仕事仲間だ。奥さんたちとは顔を合わせているはずだが、覚えていない」

「よくパーティーを開くの」

「いや。意外に思うかもしれないが、僕の生活は平凡なものだ。仕事を楽しみ、余暇を楽しむ。でも、家で客を接待することはしない」

「というと？」

「つまり、クラブかレストランを使う。今回は例外だ。家の自慢をするようだが、このうちの半数は、だからこそ来ているんだ」

「来たことがないから、好奇心で？」

「そういうことだ。さあ、行って何か食べよう」

イゾベルは彼に従った。だが彼女の好奇心はまだ残っていた。「ここに住んで長くたつの？」

「六年になる。離婚して以来だ。それまで住んでいた家は元の妻のものになった」

イゾベルが見つめると、パトリックは眉をひそめた。「離婚の原因を作ったのは僕ではない――君がそれを疑っているならね。アマンダの言うままに家を与えたのは、早く手を切りたかったからだ」

「お子さんはいるの？」

「いや。幸いなことにね！　子供がいたら僕は身ぐるみはがされていただろう。強欲な女だったから」

「でも、一度は愛した人でしょう？　結婚した以上は」

「愛と結婚は無関係だ」パトリックは厳しい口調で言い、キャビアをクラッカーにのせてイゾベルの口に入れた。

キャビアは以前にも味わった。そのときはとてもおいしかった。だが、今夜は喉を通らなかった。苦労してのみ下すと、胃がむかついた。

「化粧室はどこかしら」グラスを置いて尋ねる。パトリックはイゾベルの青白い顔を心配そうに見た。

「ごめん。キャビアが好きだろうと思ったものだから。こっちだ」

広々とした化粧室に案内されると、イゾベルはドアに鍵《かぎ》をかけ、洗面台に急いだ。

五分ほどのち、パトリックがドアをノックした。

イゾベルは化粧台の前にあるクリーム色の革のスツールにぐったりと腰かけ、自分のやつれた顔を見ていた。目は異様に大きく、口紅はすっかりはげ落ちている。パトリックにまた見られる前になんとかしなければならない。

「ベル！　開けてくれ。大丈夫か？」

「大丈夫よ」イゾベルは弱々しく答えた。「髪を直すから二、三分だけ待って」

「ドアを開けるんだ。大丈夫かどうか、この目で確かめるから。いいかい……」パトリックは焦燥を抑えかねていた。「ここは僕の家だ。ドアを破るようなことはさせないでくれ」

イゾベルは冷たい水を手に受け、急いで口をすすいだ。ここが彼の家だということはわかっている。騒ぎを起こして人々の関心を集めたいとも思わない。それでも、ドアを開けたとき、彼女はむっとした顔をせずにいられなかった。

パトリックはイゾベルをひと目見ると、抱きかかえて化粧室に連れ戻した。「かわいそうに」ささやきながら、親指で彼女の目の下の黒いくまをなでる。「みんなに帰ってもらおうか？　そうすれば僕たちはベッドで休める」

イゾベルははっとした。「いいえ！」

「気分がよくなったのか？」

「気分がいいとか悪いとかは無関係よ。あなたとベッドに入る気はないの。もう帰るわ。少しめまいがするの。みなさんにはあなたからよろしく伝えて」

「じゃ、僕も行く」

「だめよ。お酒を飲んでいるじゃないの」

「それじゃ、タクシーを使う。僕が君を一人で帰すと思ったら大間違いだ」

「お客さまがいるでしょう……」

「僕から事情を説明する」

パトリックの説明を想像して、イゾベルはぞっとした。「パット、恥をかかせるのはよして。わからないの？　私は一人で帰りたいのよ」

「なぜ？」

「なぜって、考えたいことがあるから」

「なんについて？」

この人の結婚、愛に対するこの人の考え方――何もかも……。

「いろいろと」イゾベルは向きを変えて鏡の中の自分を眺めた。「まあ、ひどい顔」

「そんなことはない」パトリックは背後から彼女を抱き締めてかすかにふくらんだおなかをなでた。「僕も行く。それがいやなら、ここにいてくれ。愛しているんだ、ベル。気が変になりそうなほど!」

「パトリック!」

女性の声を聞き、イゾベルは戸口を見た。黒髪ですらりとした長身の女性が、険しい表情で立っている。未知の人なのに、どこか見覚えのある顔だった。パトリックはイゾベルを放した。

「ジリアン。来ないんだと、とっくにあきらめていたよ。リチャードがじゃましたのか?」

リチャードですって!

「いや、僕も来た」男が女性の横に現れ、さもいとしそうにウエストを抱く。ジリアンを見ていたのでイゾベルに気づかず、妻の首筋に鼻をすり寄せた。「遊びが好きなのは、君だけじゃないぞ」

「お友達を紹介してくれないの?」ジリアンは夫の悪ふざけを辛抱する気分ではないらしく、そう言った。「そのために私たちを招待したんでしょう? といっても、場所の選び方には感心しないけど」

イゾベルの屈辱は頂点に達した。パトリックは私に会わせる目的で姉を招待した。彼女がどんな反応を示すか十分承知のうえで。彼女の夫は言うに及ばず。

苦痛からか、あるいは悔しさからか、イゾベルは自分が無意識に声をたてたのを悟った。というのはリチャードが目を上げたのだ。

「あっ。イ、イゾベル！　パット、これはどういうことだ？」仰天したリチャードの額に、汗が噴き出した。「何かの冗談なのか？」

「イゾベルですって？」ジリアンが言う。

イゾベルは苦痛をいっぱいにたたえた目でパトリックを見た。「なぜこんなことをするの？　よくこんなまねができるわね！」

「君には何もわかっていないんだ、ベル……」

「ベル？」リチャードがぼんやりおうむ返しにきく。「どうなっているんだ？　君たちは……」

「カップルなの？」ジリアンは冷ややかな声で言い添えた。「まさかね。パトリックがこの女を連れてきたのは、あなたの裏切りをあばいて私たちの夫婦仲を裂くためよ！」

「ジル……」

「そうじゃない」パトリックは厳しく言いながらイゾベルの腕をとらえようとした。だが彼女はすり抜けた。「頼むから、みんな聞いてくれ。ベルを連れてきたのは愛しているからだ」

「よしてよ。この女を恋人だと言うの？」

「そうだ」

「嘘《うそ》よ！」ジリアンはイゾベルをさげすむように見た。「私たちみんなに恥をかかせるために、この女を連れてきたのよ。うまくいったわね」

「ジリアン……」

「なんなの？」ジリアンはイゾベルに向けたのと同じくらい軽蔑《けいべつ》を含んだ目で弟を見た。「次は結婚を申し込んだと言うんでしょ？　それとも、あなたですら、そこまで冒険する気はないかしら」

パトリックは奥歯をかみ締めた。姉が責め続けているあいだ、イゾベルは彼の顔を見ていたが、自分の中で何かが崩れるのを感じた。それがパトリックの顔に思えた。彼にとって、私との結婚は決して頭の中にない。イゾベルは化粧室を出るとき、ジリアンの勝ち誇ったような目だけは絶対に見たくなかった。

19

「ミス・ヘリオットですね？」

女性がカウンター越しに愛想よく話しかけた。だが、イゾベルは用心深い目を向けた。その女性は二、三分前に店に入ってきて商品を眺めている様子だったが、最後の客が出ていくとすぐに近寄ってきたのだった。

店の客層とは違う。着ているものからしてシャネルとわかるスーツだ。入念にセットされた髪も素人の手によるものではない。薄く染めた髪が若々しい印象を与えるが、少なくとも五十歳か、あるいは六十歳近い年配らしかった。

「そうですが？」イゾベルの口調はどうしても事務的になった。もしこの女性がパトリックの伝言を持ってきたのなら、聞きたくない。

女性は控えめに微笑した。「はじめまして。スザンナ・ライカー＝シャノンです。息子をご存じね」

ライカー＝シャノン？

イゾベルはぐっとつばを飲み、それからぎごちなく言った。「ミセス・ライカー＝シャノン、はじめまして。お母さまを使いによこすなんて。パトリックはそんなことをしてはならなかったのに」

「息子の使いじゃないの。かえって、私が来たことを知れば、あの子は怒るわ」スザンナ・ライカー＝シャノンは悲しげな目で周囲を見回してため息をつき、またイゾベルのほうに顔を向けた。「でも、誰かがなんとかしませんとね」今はその微笑にも少し無理があった。「あの子は父親そっくりで……私の亡くなった夫ですが」

「そうですか」

イゾベルは聞きたくなかった。使いの者が母親だからといって、伝言が重要性を増すわけではない。パトリックに会いたくないことは、もう本人に伝えてある。口もききたくない。たとえ、その必要があっても……。

パトリックの母親は微笑を消して入口を見た。「お店を閉めていただけない？　話のじゃまをされたくないから」

イゾベルは口を開いた。こういう人種の傲慢《ごうまん》さに唖然《あぜん》とする思いだ。「それは論外です。店の収入で生活していますから」そう言って胸がすっとした。「しかも今が一番忙しい時間帯ですし」

「そうは見えないけれど」スザンナ・ライカー＝シャノンは誰もいない店内をじろじろ見

回した。「私は本気でお願いしているのよ、ミス・ヘリオット。話があるの。あなたもパトリックに対する義務として、私の話を聞く必要があるはずです」

イゾベルはあっけにとられた。「パトリックに対する義務なんて、何もないわ」

「そうでしょうか？　あなたは本人の釈明も聞かずにパトリックを裁いているわ。せめて、その釈明を私にさせるぐらいの礼儀をわきまえてほしいわ」

「なんのための釈明ですか？　彼は私をだまし、ご家族や友人たちの前で恥をかかせたんですよ」

「あなたを傷つけたことは息子も知っています。でも、そんな意図はなかったことは、わかっていただかないと」

「それ以外の意図なんて、考えられません」

「二、三分時間を割いてください。そうすれば、説明しますから」

イゾベルはがっくりと疲労を感じ、ため息をついた。「説明することなど何もありません。ミセス・ライカー＝シャノン」

「どうか、スザンナと呼んでくださいな。でなければスージーと」ミセス・ライカー＝シャノンはしばらく宙に視線をさまよわせた。「亡くなった主人のパトリックはスージーと呼んでいたわ。孫娘がその名を受け継いでいましてね」

イゾベルはじりじりしてきた。「あの、奥さま。善意でいらしたのはわかっていますが……」

「でも二、三分の時間も割けないの？　息子にはまったく関心を持っていないとおっしゃるの？」

イゾベルは顔をこわばらせた。「お帰りになられたほうがいいと思います」

「どうして？　今の質問は、これまでのと違って簡単に片づけられないから？」

「片づけるという問題ではなく……」イゾベルはため息をつき、それからあきらめた。

「本当は何が目的ですか？　私の身に何が起ころうと気になさるとは思えませんが。お嬢さんと同じように」

「ジリアンの言うことなど無視なさいな。嫉妬《しっと》が言わせたことですよ。連れ合いがあなたと浮気したと思ってね。否定するものは誰もいなかったし」

「それは、わかっています」

「そう？　じゃ、パトリックがあなたを主賓にしてパーティーを開いたのは、姉と直接会わせるためだったこともおわかりね？」

「今わかりました。確かに直接会いました。お嬢さんからお聞きにならなかったんですか？」

パトリックの母親はため息をついた。「また早合点をなさるのね。息子は、姉があなたに会うことを絶対に承知しないのを知っていたの。でも大勢の人の前なら礼儀を守るだろうと、それに賭《か》けたのよ」

「でも、わからないわ。なぜ私たちを会わせたいのか。ジリアンのご主人が不倫していなかったことを証明するためかしら」

「違います！」パトリックの母親はもどかしげに叫んだ。「あなたを愛しているからですよ！　だから私は事態を見過ごせないの」

「なんの事態をですか？」イゾベルは戸惑った。

「この事態をですよ。あなたは息子と会おうとしないし、そのことで会社が助かろうとつぶれようと、パトリックは無関心だし」

「少しオーバーじゃありません？　私がパトリックに会うとか会わないとかいうことに、シャノン・ホールディングスの社運がかかっている、だなんて」

「事実なのよ」ミセス・ライカー＝シャノンは不意に涙ぐんだ。「シャノン・ホールディングスを支えているのはパトリックなの。彼が仕事を続けられないかもしれない疑いが少しでもあると……」

「でも、あり得ないことでしょう？」イゾベルはパトリックの母親を見つめ返し、どきっとした。「パトリックはまさか病気じゃないでしょうね。二週間前には健康そのものだったのだから」

「あのときはそうでも」パトリックの母親は声を詰まらせた。「今は違うの」

イゾベルは心臓の鼓動が激しくなるのを感じた。「彼の身に何か起こったんですか?」

「お話ししても無駄ね」ミセス・ライカー＝シャノンはあきらめたように肩をすくめた。

「あなたは息子と電話で話すことすらしないでしょうから」

イゾベルは黙っていた。もちろん無駄ではないと言いたかった。彼が健康ではないと聞くだけで心臓をナイフで刺されたような気がする。だが、そう告げることにためらいを感じた。相手の言葉に嘘偽《うそ》りがないのは明白なのに、どうしても信用する気になれない。

「すみません」イゾベルはようやく言った。「パトリックが病気なら早く回復してほしいと思います。でも、お力にはなれません。ご子息と私がどんな仲だったにせよ、もう終わったことですから」

「だって、息子はあなたを愛しているのよ！」

「そうでしょうか?」

「そうよ」年配の女性は肩を落とした。「お話ししないと言ったけれど、やはり話すべきね。パトリックが撃たれたのよ、ミス・ヘリオット。銃で！」

イゾベルは激しい衝撃で気分が悪くなった。「撃たれたですって?　誰がそんなことを……?」

「コンラッド・マーティンという男よ。十日前に脱獄してガレージで待ちぶせしていたの。パトリックは近ごろあまり警戒していなかったものだから」

「だって警備員たちはいないんですか？」

「ええ。いつもいますよ。でも襲撃しようと思えばすきは見つかると思うわ」

「それで……重傷なんですか？」

「いいえ。弾のほとんどはコンクリートの柱に当たったの。パトリックは跳ね返った弾を受けただけです。銃撃の傷口は細菌に感染しやすいものだけど、治療を受けているかぎりは大丈夫でしょう」

「よかった！」急に全身の力が抜けて、イゾベルはカウンターの縁につかまった。「どうしてパトリックは知らせてこなかったのかしら。新聞に載らなかったのも不思議だわ」

「幸い、マスコミには隠しおおせたの。会社の株価への影響を避けるためよ。市場がどんなものかおわかりでしょう。不安な気配が少しでもあると、人々は警戒するんです。でもパトリックが立ち直れば、どっちみち問題はないわ」

イゾベルは背筋に汗が伝うのを感じた。特別暑い日でもないのに、ひどく息苦しかった。パトリックが殺されかけたのに、私は何も知らなかった。そんなことを、私は本当に望んでいたの？　私の自尊心はパトリックの命より価値があるの？

「犯人は、どうなりました？」

「マーティン？　つかまったわ」

「パトリックは今、どこにいるんですか？」

「信じられないでしょうが、フォックスワース・ホールにいると言い張るの。だからこんなに心配するんです。息子に自分の世話は絶対にできないわ」

ロンドンから車で送ってもらった夜のあと、イゾベルは一度だけジョーを見かけていた。そのとき、ジョーは店の前に止めた車の中で、パトリックを待っていた。しかしイゾベルは彼の雇主と話をするのを拒絶したので、ジョーにあらためて礼を言う機会がなかった。あのおぞましい夜、ローリストン・スクエアに走り出たとき、ジョーがそこにいた。夜のドライブに奥さんを連れ出しがてら、イゾベルが本当に自分を必要としていないかを確かめるために、しばらく待っていたのだった。イゾベルはそのことに心から感謝していた。

そんなわけで、小型のプジョーをフォックスワース・ホールの外に止めたとき、出迎えたのがジョーだったことを、イゾベルは意外に思わなかった。雇主の身辺を離れることは、ジョーには考えもつかないことなのだろう。

「やあ」イゾベルが不安定な足取りで車を出ると、ジョーが挨拶《あいさつ》した。「お元気ですか？ 来てくださって、お礼を申し上げますよ」

「私が来ることを知っていたの？」イゾベルはまた疑いを感じてジョーを見つめた。

「期待していたんです。パットのお母さんが会いに行ったのを知っていましたからね。事件のことを聞きましたか？ パットはもう少しで殺されるところだったんですよ」

「じゃ、やっぱり本当なのね」

「パットが狙撃《そげき》されたことが？　そうですとも。あのマーティンとかいう男は何年もの間パットを目の敵にしていたんです。シャノン・ホールディングスが開発する土地から、自分のハウストレーラーが移動させられてからというもの。パットが代替地を見つけてやっても無駄だった。権力を憎んでいる男ですからね。あいつは前にもパットを銃で脅したが、今度は実際に発砲したんです」

イゾベルは身震いした。「知らなかったわ」

ジョーはプジョーのドアを閉めて、家のほうに促した。「パットにお会いになるでしょう？　温室にいます。あまり居心地はよくないんですが、ほかの場所よりましなので」

「お母さんが私に会いに来たこと、パトリックは知っているの？」

ジョーは肩をすくめた。「僕は話していません」

それは答えになっていなかったが、イゾベルは追及しなかった。衝動に駆られてここに来たことをもう後悔していたので、これ以上ぐずぐずしていれば、おじけづいて帰ることになるのを悟ったからだ。

丸天井のホールに入ると、ひやっとした空気が迫ってきた。夕刻の冷気が厚い壁を覆う家は、まるで墓場のように見えた。

イゾベルはジョーがつき添ってくれることに感謝しながら、ホールを横切り、かび臭い廊下の突き当たりにあるガラスで囲まれた温室に行った。家の西側にあるその部屋は少し暖かく、オレンジの残り香が漂っている。けれど、かつて果実をつけた木々は枯れて久しい。

二人がかつて温室だった部屋に入ったとき、パトリックは古いキャンバス地の椅子に腰かけ、野原に長く伸びていく影を眺めていた。椅子は入口に背を向けて置かれていたので、イゾベルには彼の肩に十文字にかけられた包帯が見えなかった。

「お客さんですよ」ジョーがまず声をかけた。

パトリックが振り返る。イゾベルは予想もしなかったことに、彼がちらっとせせら笑いを浮かべたのを見た。「これはこれは、イゾベル」パトリックは立ち上がりもせずに言った。「じゃ、あの年寄りはやっぱり自分の思いどおりにしたんだな」

イゾベルは顔をこわばらせた。「お母さまのことを言っているなら……」

「むろん、母のことだ」パトリックはぴしゃりと言い返した。「あきれたね。自分の持株がよほど心配だったんだな」

「そうじゃないわ。あなたのことを心配していらっしゃるのよ」

「そうかい？　まあ、少なくとも僕よりは幸運だったよ。母は何を話したんだ？　どんな嘘を並べ立てた？　僕は誠意を尽くしたのに、君は耳を貸そうとしなかったけどな！」

20

イゾベルはぐっとつばをのみ下した。「お母さまは、あなたが銃撃されたっておっしゃったのよ」

パトリックは唇を皮肉っぽくゆがめた。「で、君はそれを信じたのか？」

「ええ」イゾベルは途方に暮れてジョーを振り返った。だが彼はもういなかった。「具合はどう？　大丈夫なの？　それより、ここで何をしているの？　改装前には越してこないと思っていたわ」

パトリックは座ったままでいるのが礼儀を欠くことに気づいたように、ややぎごちない動作で立ち上がった。「たいていの人は家を改装させているときでもそこに住まざるを得ない、と言ったのは君のお母さんだ。僕もそうしてみようと思った」

「ばかげたことを！」

「何が？　ジョーと僕はここで何不自由なく暮らしている。誰かが助言を求めてもすぐ対応できる」

「でも、あなたがそうする必要はないわ。それに、安静にしてなきゃならないはずでしょ！」

「母がそう言ったのか？」イゾベルの沈黙に答えを読み取り、パトリックはかすかな笑みを無理やり浮かべた。「まあ、年寄りの言うことだ。老人がどれほど大げさに騒ぎたがるか、知っているだろう？」

「パトリック！」

不安にあふれた声を聞いて哀れみを感じたのか、パトリックは長い窓の下枠をなす石の台に腰を預け、ぶっきらぼうに言った。「僕は大丈夫だ。君の同情はいらないと、母に言ったのに」

イゾベルは唇をぐっと結んだ。大丈夫でないことは青ざめた顔が語っている。やせたようにも見えるのは目の錯覚だろうか。確かに黒いジーンズの腰のあたりがぶかぶかしている。それにスエットシャツは体の線を隠すのにおあつらえ向きだ。このゆったりした服の下に、包帯があることはわかっている。

「あの」イゾベルは慎重に言葉を選んだ。「会いたくなかったなんて、もう言わないで。私が立ち去ることを本当に願っているならともかく」

「君が僕の願いを重んじることなど、これまでにあったかな？」

「あなたが私の願いを重んじれば、そうしたわよ」イゾベルは素早くやり返して、気持を落ち着けるために息を吸った。「一緒に夜を過ごしたあと、あなたは私に会おうとしなかったわね……」

「それは認める。君が僕に感じさせるものが怖かったからだ」

「私が感じさせるもの？　なんのことか……」

「いちいち説明しなきゃならないのか？　アマンダと別れたとき、僕はもう女性と真剣なかかわりを持つまいと誓ったんだ」パトリックは吐息をついた。「これまでに女性とつき合ったことは否定しない。でもみんなジョアンナのようなものだ。僕は快適な生活を提供し、彼女たちはセックスを提供した」

「私が提供したものも、そうなの？」

「違う！　何を聞いているんだ？　君は別だ」

「男性を経験していなかったから？」

パトリックは冷笑を浮かべた。「そう。それを強調することだ。僕を抜け殻にしてあざ笑うだけでは足りないから、少し締めつけないとね」

「そんな意味じゃないわ」イゾベルは一歩パトリックに近寄った。「あなたを信じたいの。でもわからないのは、なぜ私が……」

「僕にわかると思うのか？」パトリックは疲れ果てたように、窓ガラスに後頭部を寄りかからせた。「どうしてここに来たんだ、ベル？　勝利の快感を味わうためか？　そんなことをしなくても、君はもう何度も報復しているよ」

「報復しに来たわけじゃないわ」

「ああ、そうだった」彼は小首をかしげて彼女を見た。「母が君の同情心に訴えたから来たんだ。忘れていたよ。まあ、おふくろは少なくとも僕より手際よくやったな。君に僕と話をさせたのだから」

「あなたが知らせてくれたら……」

「何をだ？　哀れな愚か者が散弾を僕の肩に撃ち込んだ、と？　そうすれば目的を達したかい？」

「パトリック……」

「どうした？　ありのままを話しているんだ。このせりふは君のおはこじゃないのか？」

「パトリック……」

「よせ！」パトリックはさっと顔をそむけた。「何を言ってほしいんだ？　来てくれてありがとう、でいいかい？　じゃ、またな」

イゾベルは目を閉じた。今が正念場だ。今この人から去ったら、絶対に自分を許せなくなる。

イゾベルはもう一歩前に進み、両手を握り締めて自分を励ましながら言い始めた。「あなたの家に行った夜、私を愛しているって言ったわね。あれは本気だったの？」

「なぜそんなことをきく？」パトリックはいかにも不愉快そうに、彼女に目を戻した。

「質問に答えて。本気だったの？」

「ああ、本気だった。もちろん愛している。この十五分間、僕が何を話していたと思うんだ？」

イゾベルは目の奥が熱くなるのを感じた。「まあパトリックったら」とぎれとぎれにささやく。彼女がこんな質問をするには、ほかの理由がありそうだと不意に気づいたように、パトリックは苦痛もかまわず石の台から腰を上げた。

「ベル？」かすれた声で言う。イゾベルはそれ以上何も言わず、彼に近寄ってウエストを抱いた。

「ばか」涙を押し返して温かい胸に顔をうずめる。「なぜ、あなたを信じさせてくれなかったの？」

「そうしようとしたよ」パトリックの声がかすれるのを聞いて、イゾベルは自分がまだ苦痛を与えていることに気づいた。

それでも、パトリックは彼女に腕を回した。イゾベルは、将来何が起ころうとも、彼の腕の中にいる喜びにはそれに耐えるだけの価値があることを悟った。この人を愛している。それを私は認めまいとしていたのかもしれない。今後は彼が何を求めても、喜んで与えよう。

パトリックの胸に包帯が巻かれていることを、今はイゾベルも感じた。だが顔を持ち上げられたとき、長いあいだ抑えてきた渇望を無視することはできなかった。彼女はパトリックの頰を押さえ、彼の力強い唇を喜んで迎え入れた。

パトリックも同じ渇望を感じていたのは確かだった。キスはいつまでも続き、深さを増していった。

だが、やがてパトリックは二人分の体重を支える苦痛に耐えられなくなった。

「ちくしょう」イゾベルを元通りに立たせ、もどかしげに肩をさする。「僕たちが家にいればなあ」

イゾベルは実際的に考えようとした。「ここで苦難に耐えているのはあなたの勝手よ。なぜここにいるの？　まだ改装も始まっていないのに。今どき文化的な生活のできない家に暮らす人なんて皆無よ」

「できるさ。ともかく水道と電気の設備はある。ここにいるのは、君の近くにいる手段としてだ。子供じみているが、君が去ったあとの家を見ているのには耐えられなくて」

「ばかなことをするわね！」

「君にはね。ここにいれば、僕がすべての主導権を握っていることを思い出す。君はどうなんだ？」

イゾベルは唇をわななかせた。「あなたを愛していることはわかっているでしょう？

そうでなければ来なかったわ」

「わからないね」パトリックはとぼけた。「僕を気の毒に思っただけかもしれない。それに……」

「愛しているわ」イゾベルはきっぱり言った。「それに、いつでも私の家に来ればいいのよ」

「だって神聖な場所じゃなかったのか？」パトリックがからかう。イゾベルは彼のみぞおちにパンチをくらわすのを危うく思いとどまった。

「あなたが来るまではね」イゾベルはやり返しながら、楽しそうに目を輝かせた。「ジョーをホテルに泊まらせたら気を悪くするかしら」

パトリックは笑った。

「永久に感謝するさ。母を調停役に担ぎ出したのは、あいつに違いないとにらんでいるんだ」

「お母さまがそうしてくださってよかったわ」

「まったくだ。ねえ、ベル。仲直りしたことを絶対に後悔させないよ。約束する」

暗闇《くらやみ》の中で目を覚ましたとき、一瞬イゾベルは自分がどこにいるのかわからなかった。非常に奇妙な感じがするのは、誰かが同じベッドにいることだった。だが記憶がよみがえると、全身が喜びに包まれた。今、同じベッドにいるのは、これからの人生を分かち合うことになるパトリックだ。

それとも、そうはならないのだろうか？

まだパトリックに隠している秘密がその疑問の原因になっていた。私のような女が、彼の洗練された生活の中でどんな地位を占めるかしら。一緒に暮らすことを、望みがかなったと考えるのはいいけれど、本当の誓いのない生活が正しいと言えるかしら。

イゾベルは自分の平らなみぞおちをなでた。自分のことだけを考えるなら、こんな疑問は起こりもしない。でも真実を打ち明けたら、パトリックはどんな反応を示すかしら。作り話ではなかったと言ったら、信じるかしら。

幸福感は消え、そのあとに絶望感が広がった。パトリックが去っていったらどうしよう？　私の幸福は彼との人生にかかっているのに。今夜のあと、どうやって新しい生き方を始められるの？

イゾベルが起き上がろうとしたとき、もうひとつの手がみぞおちの上で彼女の手を押さえた。「起きてるかい？」パトリックはささやいて、彼女の肩に顔をうずめた。「夢じゃなかったんだね」

「そうよ」イゾベルは答えた。彼女の自宅に着く前にパトリックがどんなに弱っていたとしても、二人でベッドに倒れたときは熱く燃えていた。彼女が望み得るかぎりの情熱で愛を交わしたのだった。

「よかった」パトリックは低く言い、無事なほうの腕を伸ばしてスタンドの明かりをつけた。「何時だろう？　驚いた！　空腹なのも当然だ。いつ食事をしたか思い出せないよ」

イゾベルは戸惑ってパトリックを見上げた。「お昼を食べていないの？」

「ああ。ジョーが魚のフライを買ってきたが、食べたくなかった。最近は食欲がないんだ。でも体重が減って幸いだよ」

「だめよ」イゾベルは彼のみぞおちに触れ、その手を下にさまよわせた。「男性は体力を維持するために、ちゃんと食べなきゃ」

パトリックは半ば笑いながら叫んだ。「ベル。僕は安静にしてなきゃいけないんだよ」

「いやなの？」

言葉は挑戦的だが、パトリックはイゾベルの恥じらいを感じ取って首を振った。「君が結果を甘んじて受け入れるかぎり、かまわないよ。どっちみち、それほど空腹じゃなかったんだ」

パトリックが頭を下げてキスする。イゾベルは彼を迎え入れながら言った。「愛しているわ」

二人の渇きがおさまったとき、イゾベルは避けられない瞬間をもう先送りできないのを悟った。パトリックは知る必要がある。知る権利を持っている。それが私たちの関係にどう影響しようとも。

とはいっても、ここで告白することはできない。あれほどの惨めさと恍惚《こうこつ》を味わったこの場所では。イゾベルは、パトリックの反対を無視してベッドを下り、シルクのキモノに腕を通した。

「よく似合うね」パトリックは情熱の名残を目に宿して言った。「ベッドに戻らないか?」

「だめよ」イゾベルはドアに近寄った。「おなかがすいているでしょう? サンドイッチを作るわ」

「ここに持ってくる?」

「いいえ。下に来てもらうわ」

パトリックは眉をひそめ、片肘をついて身を起こした。「不気味な言い方だね。今のことが短期間の赦免だったと言うつもりじゃないだろうな」

イゾベルは頬を染めた。「違うわ」

「それなら、いい」パトリックは脚をベッドから下ろした。「以前の状態に戻りたくないからね」

「私がそう思わせるようなことを言った?」

「いや。でも無償奉仕でサンドイッチを作ってもらうことには慣れていないのでね。ときどき、こうすると約束してくれよ。結婚してからも」

イゾベルははっと息をのんだ。「結婚？　あなたは二度と結婚しないって言わなかった？」

パトリックはズボンを拾い上げて片脚を入れてから、皮肉っぽい目つきで彼女を見た。

「女性とは二度と深刻な関係にならないとも言ったよ。でも、君がまた僕を捨てようと考えるなら……」

「いやよ、パット！」

その叫び声があまり動揺していたので、パトリックは急いでもう一方の脚をズボンに入れて立ち上がり、大股でイゾベルに近寄った。

「どうした？　僕が結婚を申し込んでいたのはわかってただろう？」

「私にどうしてわかるの？」

「まあまあ」パトリックはなだめた。「わかるはずがないよね。でもそうなんだ。喜んでもらえるかどうかは知らないが。僕と結婚してくれないか？」

イゾベルは口がきけず、ただうなずいた。パトリックが彼女の顔を自分のほうにあおむける。

「どうしたんだ？」涙にぬれた頬を見て、彼は顔を曇らせ親指で滴をぬぐった。「いやなのか？」

「もちろん結婚したいわ。でもその前に、まだ話していないことがあるの」

パトリックは眉をひそめ、ユーモアと不安が半々に混じり合った口調で尋ねた。「もう結婚しているわけじゃあるまいね」

「間違いなく独身よ」深く息を吸う。「私、妊娠しているの」

「何？　じゃ、妊娠していないと言ったのは？」

「嘘《うそ》をついたんじゃないのよ。あのときは、本当に知らなかったの」

パトリックはじっと彼女を見つめてから、頭を振った。「いつ知ったんだ？」

「ほんの二、三日前よ」

パトリックは彼女を放し、半ば背を向けて息を整えた。「で、どうしてほしい？　言うまでもないが責任は全面的に取る……」

「なんのことを言っているの？」イゾベルは彼の腕をとらえ、苦痛を与えているかもしれないのもかまわず、自分のほうに向けた。「もちろん結婚してほしいわ。それとも、いやなの？」

「僕の子供を身ごもっているという理由だけで、君が結婚するならいやだね」

「おかしな人！　もうすぐ二十一世紀なのよ。子供を片親にしたくないだけで結婚すると思うの？」

「じゃ、なぜ黙っていた？」

「妊娠しているだけの理由で結婚してほしくなかったから。私自身を求めてほしかったのよ」

パトリックは眉をひそめた。「だからそうしているだろう?」

「じゃあ、気にしない?」

「気にする?」今度は彼のほうが当惑する番だった。

「私たちが両親として結婚生活を始めることよ」

パトリックは晴れやかな顔でイゾベルを抱き寄せた。「これが気にしている態度かい? ああ、ベル。信じられない気持だよ。今朝起きたとき、僕には何もないと思った。今は何もかも手に入れている」

「私もよ」イゾベルはパトリックの首に両腕を回してささやいた。

「やはりフォックスワースを買ってよかった。子供たちには都会より田舎の空気のほうがずっと健康にいい。それに僕はいつでも通勤できる。専用のヘリコプターを買おうと思っているんだ」

イゾベルはかぶりを振った。「あそこの内装は、出産予定日の前に終わらないと思うわ」

「なんとかするさ」パトリックは請け負うように言った。「しばらく僕たちはここと ローリストン・スクエアの家を行ったり来たりしよう」

「カプリースはどうするの?」

「当分はクリスが運営できるだろう。僕たちがフォックスワース・ホールに越したあとは君の判断に任せる」

「というと、仕事に戻っても反対しないの？」

「もうすぐ二十一世紀だよ」パトリックはおどけた口調で言った。「これほど自立した女性に、ああしろこうしろと指図するつもりは毛頭ないね」

●本書は、1997年12月に小社より刊行された作品を文庫化したものです。

熱い目覚め

2018年2月15日発行　第1刷

著　　者／アン・メイザー
訳　　者／苅谷京子（かりや　きょうこ）
発 行 人／フランク・フォーリー
発 行 所／株式会社ハーパーコリンズ・ジャパン
東京都千代田区外神田 3-16-8
電話／03-5295-8091（営業）
0570-008091（読者サービス係）
印刷・製本／図書印刷株式会社

ISBN978-4-596-99359-5

既刊作品

「愛なき結婚」

ペニー・ジョーダン　　細郷妙子　訳

ブライアニーは自分を裏切って去ったキーロンと三年ぶりに、しかも上司と部下という立場で再会する。人生を狂わせた彼を憎みつつも、心は今も彼を求めて…。

「君を取り戻すまで」

ジャクリーン・バード　　三好陽子　訳

子供を失ったばかりのレクシーは夫のジェイクが愛人と離婚の相談をしているのを聞き、家を飛び出した。５年後、立ち直りかけた彼女の前にジェイクが現れる。

「小悪魔」

キャロル・モーティマー　　飯田冊子　訳

アレクサンドラは姉の夫の兄で大嫌いなドミニクの屋敷に滞在することに。だが一緒に暮らすうち、彼への嫌悪感は恋心の裏返しだったことに気付く。

「花嫁と呼ばれる日」

エマ・ダーシー　　加藤由紀　訳

六年前、イタリア名家の跡取りルチアーノは不誠実な恋人スカイに別れを告げた。だが彼女の不貞が、身分違いを嫌った彼の家族によるでっちあげだったと知り…。

「誇り高い愛」

シャーロット・ラム　　広木夏子　訳

愛するがゆえに、待ちに待っていた幼なじみとの結婚を直前に取りやめたエリザベス。凛として、身を引く覚悟をした彼女を待ち受けていた真実とは…。